Pascal Quignard

La haine
de la musique

Gallimard

Pascal Quignard est né en 1948 à Verneuil (France).
Il vit à Paris. Il est l'auteur de six romans et de nombreux petits traités où la fiction est mêlée à la réflexion.

TABLE DES TRAITÉS

Les larmes de saint Pierre

Nous entourons de linges une nudité sonore extrêmement blessée, infantile, qui reste sans expression au fond de nous. Ces linges sont de trois sortes : les cantates, les sonates, les poèmes.

Ce qui chante, ce qui sonne, ce qui parle.

À l'aide de ces linges, de même que nous cherchons à soustraire à l'oreille d'autrui la plupart des bruits de notre corps, nous soustrayons à notre propre oreille quelques sons et quelques gémissements plus anciens.

*

Mousikè — dit un vers d'Hésiode — verse des petites libations d'oubli sur le chagrin. Le chagrin est à l'âme dans laquelle se déposent les souvenirs ce que la lie est à l'amphore qui contient le vin. Tout ce que nous pouvons souhaiter, c'est qu'elle repose. En Grèce ancienne, la *mousa* de la *mousikè* avait pour nom Érato. Elle était une prophétesse de Pan, le dieu de la panique, voyageant dans la transe sous l'effet de la boisson et de la consommation de chair humaine. Les chamans étaient inspirés par les bêtes, les prêtres par les hommes immolés, les aèdes par les muses. Ce sont toujours des victimes. Les œuvres, quelque modernes qu'elles se prétendent, sont toujours plus inactuelles que le temps qui les accueille ou qui les rebute. Toujours, elles sont inspirées par des «paniquées». Les paniquées, accompagnées des thyrses chamaniques, des flûtes de Pan et des chants rauques mimétiques, en latin les *bacchatio*, consistaient à mettre à mort un jeune homme en le déchirant vivant et en le mangeant cru aussitôt. Orphée est mangé cru. La muse Euterpe porte à sa bouche une flûte. Aristote dit dans la *Politique* que la muse a la bouche occupée et les mains occupées exactement comme une prostituée qui regonfle à l'aide de ses lèvres et de ses doigts la *physis* de son client afin de la dresser au bas de son ventre, en sorte qu'il émette sa semence. Les œuvres (les *opera*) ne sont pas le fait des hommes libres. Tout ce qui opère est occupé. C'est la « préoccupation » du chagrin. En français le « souci ». C'est le dépôt dans l'amphore : le cadavre, le mort qui est propre au vin.

*

Ce fut Athéna qui inventa la flûte. Elle confectionna la première flûte (en grec *aulos*, en latin *tibia*) pour imiter les cris qu'elle avait entendu s'échapper du gosier des oiseaux-serpents aux ailes d'or et aux défenses de sanglier. Leur chant fascinait, immobilisait et permettait de tuer à l'instant de la terreur paralysante. La terreur paralysante est le premier moment de la panique omophagique. *Tibia canere* : faire chanter le tibia.

Le silène Marsyas représenta à Athéna qu'elle avait la bouche distendue, les joues gonflées, les yeux exorbités tandis qu'elle imitait ce chant de la Gorgone en soufflant dans ses *tibiae*. Marsyas cria à Athéna :

« Laisse la flûte. Abandonne ce masque

qui désordonne tes mâchoires et ce chant qui épouvante. »

Mais Athéna ne l'écouta pas.

Un jour, en Phrygie, alors que la déesse jouait sur la berge d'un fleuve, elle aperçut son reflet dans l'eau. Cette image d'une bouche occupée l'effraya. Elle jeta aussitôt sa flûte loin d'elle parmi les roseaux de la rive. Elle s'enfuit.

Alors Marsyas ramassa la flûte abandonnée par la déesse.

*

J'interroge les liens qu'entretient la musique avec la souffrance sonore.

*

Terreur et musique. *Mousikè* et *pavor*. Ces mots me paraissent indéfectiblement liés — quelque allogènes et anachroniques qu'ils soient entre eux. Comme le sexe et le linge qui le revêt.

*

Les linges sont ce qui panse une plaie qui s'épanche, ce qui dissimule une nudité qui fait honte, ce qui enveloppe l'enfant quand il sort de la nuit maternelle et découvre sa voix, émettant son premier hurlement, déclencheur du rythme propre à la pulmonation «animale» qui sera la sienne jusqu'à sa mort. Le vieux verbe romain de *solor* détourne ce qui obsède. Il apaise ce qui pèse dans le fond du cœur d'un humain et adoucit l'aigreur qui s'y corrompt. Il assoupit ce qui y guette douloureusement et qui sans cesse menace de se lever, de bondir dans la panique angoissée et fiévreuse. C'est pourquoi on dit en français que la muse «amuse» la douleur. De là vient le mot *consolatio.* Quand l'empire de Rome se divisa province par province, quand le lien social et la *religio* qui unissaient les territoires entre eux se déchirèrent pour être remaniés selon la volonté du parti chrétien et des barbares eux-mêmes chrétiens — du moins ariens —, dans les premières années du VIe siècle, un lettré romain fut enfermé dans une geôle, sur l'ordre du roi ostrogoth Théodoric, d'abord à Calvenzano, puis dans une tour de Pavie. Là, le jeune lettré, le patricien, le néo-platonicien, le porphyrien, l'ammonien Boèce, l'époux de l'arrière-arrière-petite-fille de Symmaque, l'époux à jamais frustré du corps de son épouse, composa le *De Consolatione philosophiae*. La *philosophia* a-t-elle jamais été une chose beaucoup plus hardie que ce *solor* de l'âme? Le livre fut interrompu d'un coup de hache, un jour d'automne. C'était le 23 octobre 524. Il s'appelait Anicius Manlius Torquatus Severinus Boethius. Avant qu'il fût décapité, dans la geôle de Pavie, l'esprit du monde des morts, l'*imago*, la «figure consolatoire» lui était apparue sous la forme d'une femme. Je cite la *Prosa I* du premier livre de la *Consolatio* : «Pendant que je méditais en silence en moi-même, tandis que je notais ce gémissement que je poussais en silence sur la tablette à l'aide de mon poinçon, j'eus l'impression qu'au-dessus de ma tête s'était dressée une femme immense, tour à tour jeune et âgée, très droite. Ses yeux étaient deux flammes…» Le Conservatoire. Le Consolatoire. Joseph Haydn a noté, dans ses petits journaux-carnets de compte qu'il emportait dans ses voyages, qu'il cherchait à apaiser une vieille souffrance sonore qui provenait de Rorhau, aux confins de l'Autriche et de la Hongrie, et qui datait des années 1730 : le murmure de la Leitha, l'atelier du charron, le père analphabète, les bois de charronnage, la connaissance de l'orme, du frêne, du chêne, du charme, les brancards, les roues et les timons, l'enclume du forgeron, les secousses des maillets, les scies et leurs dents — bref toute la pathétique du lien d'enfance se précipitait dans ses rythmes. Il s'en défendait en composant. Jusqu'aux mois qui précédèrent sa mort, mois durant lesquels ces rythmes ensevelirent Haydn avec une accélération qui l'empêchait non seulement de les transformer en mélodies mais même de les noter. À la fois tout ce qui ne peut être traduit sous forme de langage pour être retenu et rien de ce qui peut être hélé par le langage en sorte d'être exprimé et mis à mort. L'inverbalisable. Haydn disait que c'étaient en lui des coups de marteau comme Dieu les entendit, clouant ses mains vivantes, martelant ses pieds rassemblés et vivants, un jour d'orage alors qu'il se trouvait attaché sur une croix, au haut d'un mont.

Nous nous asseyons dans un fauteuil.

Nous séchons de très vieilles larmes puisqu'elles sont plus antiques que l'identité que nous nous inventons. Ce sont des larmes qui sont, comme la femme qui se dresse auprès de la couche de Boèce, «tour à tour jeunes et âgées». Entre deux façons de dire : «Nous écoutons de la musique», «Nous séchons des larmes semblables à celles de saint Pierre», je trouve plus précise la seconde formulation. Un chant lointain de basse-cour fait s'effondrer tout à coup en sanglots un homme qui se tient debout dans l'encoignure d'un porche, dans les premiers jours du mois d'avril, quelques minutes avant que l'aube blanchisse l'ombre. Chant d'un coq qu'on a fiché depuis (sans doute pour marquer le souvenir de ces enfièvrements que les sons sanctionnent ou encore avertissent en les déclenchant) sur le clocher des églises du monde chrétien.

Le vestige dit le temps qu'il fera.

Certains sons, certains fredons disent en nous quel «ancien temps» il fait actuellement en nous.

*

Sei Shônagon en l'an mil, dans le palais de l'impératrice, à Kyôto, à plusieurs reprises, dans le journal intime qu'elle enroulait et enfouissait à l'intérieur de son oreiller en bois au moment de s'étendre sur sa couche, nota les bruits qui l'émouvaient. Les sons qu'elle ressassa le plus, sans qu'il semble qu'elle en ait jamais pris toute la mesure, ou qu'elle en ait perçu les raisons tant la solitude et le célibat l'étouffaient, et qui à chaque fois ramenaient avec eux en elle le sentiment de la joie (ou la nostalgie de la joie, ou peut-être l'illusion actuelle, pleine d'agrément, qui caractérise la nostalgie de la joie), consistaient dans le bruit des chariots de promenade sur le chemin sec, l'été, à la fin de la journée, quand l'ombre gagne tout le terrain visible de la terre.

*

La confidente de l'impératrice Sadako ajoutait :
« Entendre derrière la cloison résonner les baguettes qui s'entrechoquent.
« Entendre le bruit que fait en retombant l'anse du vase où on met le vin de riz.

« Le bruit faible des voix à travers une cloison. »

*

La musique est liée de façon originaire au thème de la « cloison sonore ». Les plus anciens contes usent de ce thème de l'oreille tendue, ou de la confidence surprise, par-delà la tenture, dans les châteaux du Danemark, par-delà la muraille, à Rome ou en Lydie, par-delà la palissade, en Égypte. Il est possible qu'écouter de la musique consiste moins à détourner l'esprit de la souffrance sonore qu'à s'efforcer de refonder l'alerte animale. La caractéristique de l'harmonie est de ressusciter la *curiosité sonore* défunte dès que le langage articulé et sémantique s'étend en nous.

*

Apronenia Avitia, à Rome, dans les premières années du Ve siècle, dans la lettre qui commence par les mots *Paene evenerat ut tecum...*, parle au détour d'une phrase du « bruit passionnant du cornet à dés » qui l'affecte violemment. Puis elle passe à autre chose. Il existe des bruits qui se sont «passionnés» en chacun d'entre nous. Quoiqu'elle appartînt au parti païen, elle était liée par des liens de *gens* et de clientèle à Proba (la patricienne chrétienne qui ouvrit les portes de Rome aux troupes gothiques d'Alaric) et avec Paula (sainte Paule). Une toile du Lorrain conservée au musée du Prado, intitulée *Le Port d'Ostie avec l'embarquement de sainte Paule*, permet d'imaginer la silhouette d'Apronenia, auprès de celle d'Eustochia, en 385, accompagnant sainte Paule à la mer.

La mer est d'huile. La lumière déborde l'espace du ciel ; elle déchire en les accroissant les formes sur lesquelles elle se pose. Tout est silence devant l'île où les Sirènes guettent.

Les Sirènes, ce sont Apronenia, Eustochia, sainte Paule.

*

Il y a dans toute musique préférée un peu de son ancien ajouté à la musique même. Une *mousikè* au sens grec s'ajoute à la

musique même. Sorte de «musique ajoutée» qui effondre le sol, qui se dirige aussitôt sur les cris dont nous avons soufferts sans
qu'il nous soit possible de les nommer, et
alors qu'il n'était même pas possible que
nous en ayons vu la source. Des sons non
visuels, qui ignorent à jamais la vue, errent
en nous. Des sons anciens nous ont persécu-
tés. Nous ne voyions pas encore. Nous ne
respirions pas encore. Nous ne criions pas
encore. Nous entendions.

*

Dans les instants les plus rares, on pourrait
définir la musique : quelque chose de moins
sonore que le sonore. Quelque chose qui lie
le bruyant. (Pour le dire autrement : un bout
de sonore ligoté. Un bout de sonore dont la
nostalgie entend demeurer dans l'intelligible.
Ou ce *monstrum* plus simple : un morceau de
sonore sémantique dépourvu de sens.)

*

Ce qui constitue le *pavor*, le *terror*, dans les
souvenirs, c'est que l'enfance est irréparable,

et que ce qui en est la part irréparable fut la part amplificatrice, fougueuse et constructive. Nous ne pouvons que remuer ces dépôts «sémantiques sans significations», ces sèmes asèmes. Nous ne pouvons que les faire hurler comme quand nous tirons sur des plaies pour en examiner l'état. Comme quand nous arrachons aux lèvres roses des plaies des fils qui pourrissent et infectent.

La cicatrice de l'enfance, comme celle de ce qui l'a précédée et qui s'épanche dans le son nocturne, ce sera l'électro-encéphalogramme plat.

*

Horace n'eut jamais un mot pour marquer le plus petit souvenir qu'il eût conservé de sa mère. Par Varius, par Messalla, par Mécène, par Virgile, on sait combien il lui était difficile de parler. Son débit était entrecoupé ; il hachait les cas. Dans l'*Épître aux Pisons*, il a écrit :

Segnius irritant animos demissa per aures
Quam quae sunt oculis subjecta fidelibus.

Le père Sanadon a choisi de traduire ces deux vers à l'instar d'une sentence lente et triste :

« Ce qui ne frappe que les oreilles fait moins d'impression que ce qui frappe les yeux. »

Théophraste soutenait au contraire que le sens qui ouvrait la porte le plus largement aux passions était la perception acoustique. Il disait que la vue, le toucher, l'odorat et le goût font éprouver à l'âme des troubles moins violents que ceux que lui causent, au travers des oreilles, les « tonnerres et les gémissements ».

Des scènes visibles me médusent et m'abandonnent au silence qui est lui-même un chant par carence. J'ai souffert de mutisme : c'est un chant carencé. C'est une danse : on se balance d'avant en arrière. Ou encore la tête tourne d'une oreille sur l'autre. Le silence est rythmique.

Mais la plupart des cris aigus, certains fracas me bouleversent sans mesure, jusqu'à l'arythmie.

Les sons plongent dans un silence de l'ouïe plus déchiré que le silence de la vue dont Horace prétend pourtant qu'il est le premier déchirant esthétique.

*

Seule la musique est déchirante.

*

Horace affirme aussi que le silence ne peut se diviser lui-même entièrement. L'annihilation sonore ne peut pas aller jusqu'au bout de sa division : jusqu'au silence intégral. Horace dit que le silence même à midi, même au moment de la plus grande torpeur, l'été, « bourdonne » sur les berges immobiles des fleuves.

*

La connaissance de la lumière, la connaissance de l'air atmosphérique — ces connaissances ont l'âge que nous avons. Dans nos sociétés, cet âge n'est pas indiqué à partir de la conception, mais de l'enfantement, dans l'ordre familial, symbolique, linguistique, social, historique.

La connaissance d'un monde sonore sans capacité d'expression en retour, sans capacité d'appréhension ou de rebondissement verbal, et même l'oreille de la langue dans laquelle nous allons naître, ces connaissances nous précèdent de plusieurs mois.

De deux à trois saisons.

Les Sonores précèdent notre naissance. Ils précèdent notre âge. Ces sons précèdent même le son du nom que nous ne portons pas encore et que nous ne portons jamais que bien après qu'il a retenti autour de notre absence dans l'air et dans le jour qui ne contiennent pas encore notre visage et qui ignorent encore la nature de notre sexe.

*

Mousikè et *pavor*.

Le *pavor nocturnus*. Bruits, grignotements de mulots, de fourmis, gouttes d'eau de robinet ou de gouttière, respiration dans l'ombre, plaintes mystérieuses, cris étouffés, silence qui ne répond pas soudain à la norme du son du silence du lieu, réveille-matin, branches battantes ou crépitement de la pluie sur le toit, coq.

Pavor diurnus. Dans le sanctuaire. Dans un couloir rue Sébastien-Bottin durant vingt-cinq années : il n'y a personne et pourtant nous parlons à voix basse. Des chuchots de moines. Des miaulis de rires parfois. Nous sommes des mannequins d'osier, ce que les Romains appelaient des *larva*, dont des morts plus anciens, plus aïeux, manipulent les fils.

*

Les vivants résident beaucoup plus souvent chez les avant-vivants ou dans le monde des morts qu'ils n'en ont connaissance.

C'était le savoir des chamans et cette présomption fondait leur talent à guérir le corps : la manie d'un aïeul te guette. Un mot a été prononcé sept générations avant ta naissance.

*

Confidence personnelle dans un bois il y a trente-deux ans.

Nous étions seuls parmi les feuilles jaunissantes et des rais frémissants de lumière : elle baissait la voix jusqu'à l'amenuisement du souffle, jusqu'à l'assourdissement de ma perception, pour me confier chaque désir.

Je ne parvenais pas à entendre ce qu'elle disait. Je me trompais une fois sur deux. Qui craignait-elle qu'il l'entendît? Un daim? Une feuille?

Dieu?

Ses lèvres remuaient vers mon oreille.

*

Pavor qui ne sera pas remis. *Pavor* connaturel aux enfants qui jouent aux billes de terre. Ils ont un genou en terre. Ils visent une bille tout en épiant autre chose.

*

Guet permanent d'irruption, d'arythmie, de guerre, de soulèvement sous la menace de la mort. Passivité devant l'intrusion dont rien ne protège. Quand la nuit a-t-elle été moins profonde que dans l'état qui précède la naissance, qui est la troisième intrusion du vivant? Quel homme a échappé à la mort qui l'épie, qui est prête à se ruer, qui apprête le râle?

Quel est le site où la terre cesse de s'ouvrir sous les pieds tout à coup?

*

Lire au jardin dans la chaleur, la langueur, la lenteur, l'engourdissement qui s'assemblent l'été.

La patte d'un lézardeau, tandis qu'elle déplace une feuille morte, produit un fracas qui fait sauter le cœur.

On est déjà sur ses pieds, tout tremblant, dans l'herbe brûlante.

*

Au sein de la nature les langues humaines sont les seuls sons qui sont prétentieux. (Ce sont les seuls sons, dans la nature, qui prétendent donner un sens à ce monde. Ce sont les seuls sons qui ont l'arrogance de prétendre procurer un sens en retour à ceux qui les produisent. Martèlement des pieds qui fait sonner la terre : *expavescentia, expavantatio* qui est le son des hommes qui ne cessent de piétiner la terre, fuyant, terrifiés, la proximité au lieu. La proximité au lieu, avant le néolithique, fut l'abîme.)

*

C'est le début des *Principia Historiae* de Fronton :

Vagi palantes nullo itineris destinato fine non ad locum sed ad vesperum contenditur. (Errants, dispersés, il n'est point de but à leurs voyages, ils marchent, non pour arriver à un lieu, mais au soir.)

Non ad locum : non à un lieu.

La tanière des hommes est leur occident. Le monde des morts, tel est leur gîte, où les conduit chaque jour le soleil qui meurt devant eux.

*

Il y a un fragment de Pacuvius qui énonce ce qui interrompt la marche martelante plurimillénaire. En 1823, J.-B. Levée le traduisit de cette manière : « Ce promontoire dont la pointe s'avance dans la mer. »

Promontorium cujus lingua in altum projicit.

Une *lingua* est ce par quoi une société s'avance dans la nature. La langue ne prolonge pas à proprement parler ce qui est. Elle extériorise. Elle introduit du hors dans une plénitude. Introduire du retard dans l'immédiat : c'est la musique (ou la mémoire) et c'est pourquoi *mnèmosynè* et *musica* sont les mêmes. *Logos* insinue du deux dans du un. En 520 après Jésus-Christ, le philosophe grec Damaskios, à Athènes — avant qu'il fût chassé de l'empire et repoussé vers la Perse par les édits chrétiens —, écrivait que tout *logos* était fondateur d'une royauté de dissidence dans un univers continu.

*

Lingua accroît du « hors », du « après-coup », de l'absence, du discontinu, de la mort, de la division binaire, du couple, de l'intervalle, du duel, du sexe, de la lutte.

De même que la négation aux yeux du linguiste ne retranche rien : elle ajoute à la phrase positive les marques de ce qui la nie.

*

À l'origine de toutes les langues, toutes les langues se sont accrues de *sons servant à retrancher* — servant à soustraire ce qui vient d'être dit et qu'il est nécessaire de mettre en avant pour le retrancher.

C'est ainsi que la *lingua* est une Roche Tarpéienne et le flux des mots la masse d'une foule poussant un homme qui tombe dans le vide vertical qui le sépare de la mer. Dans la langue des anciens Grecs le mot de *problèma* signifie ce même escarpement s'avançant au-dessus des vagues plus basses, au haut de quoi la ville sacrifie en poussant une victime qui plonge. Il est curieux — il est presque fescennin — que promontoire, langue, problème, mort soient le même.

*

Promontorium, lingua, problèma.

Des « sons servant à retrancher » définissent la musique.

Les sons de la musique retranchent de la langue humaine de la même façon qu'ils séparent du Sonore naturel.

Des sons de mort.

Hermès vide la tortue, vole et met à cuire une vache, racle la peau, la tend sur l'écaille vidée de sa chair, enfin fixe et tire au-dessus d'elle sept boyaux de mouton. Il invente la *kithara*. Puis il cède sa tortue-vache-mouton à Apollon.

Syrdon, dans le *Livre des Héros*, découvre dans le chaudron les corps de ses enfants en train de bouillir, tend les veines qui sortent des douze cœurs de ses fils morts sur les ossements de la main droite de son fils aîné. C'est ainsi que Syrdon invente la première *foendyr*.

*

Dans l'*Iliade* la *kithara* n'est pas une cithare : elle est encore un arc. Et le musicien est encore la Nuit, c'est-à-dire l'audition nocturne panique. C'est l'ouverture, le premier chant, le vers 43 : «Apollon descendit des sommets de l'Olympe. À l'épaule, il avait l'arc en argent et son carquois bien fermé. À chaque pas qu'il faisait dans la colère de son cœur, les flèches résonnaient sur son dos. Il allait, pareil à la Nuit *(Nukti eikôs)*. Apollon se plaça à l'écart des vaisseaux. Il décocha une flèche. L'arc en argent émit un aboiement terrifiant *(deinè klaggè)*. Il atteignit d'abord les mules, puis les chiens qui courent si vite. Enfin ce furent les guerriers qu'il perça. Les bûchers funèbres brûlaient sans finir. Pendant neuf jours les flèches du Dieu frappèrent à travers l'armée. »

À l'autre bout de l'œuvre, à la fin de l'*Odyssée*, Ulysse pénètre de façon solennelle dans la salle du palais. Il tend l'arc. Il s'apprête à décocher sa première flèche, signal du massacre des prétendants, nouveau sacrifice au cours duquel Apollon l'Archer de nouveau l'assiste. C'est le chant XXII : « De même qu'un homme savant dans l'art de la lyre et du chant, après qu'il a attaché aux extrémités de son instrument une corde, boyau flexible et sonore, la tend sans peine en tournant une cheville et la monte au ton, de même Ulysse, sans effort, a courbé tout à coup l'arc formidable. Pour essayer la corde il ouvre la main droite. Lâchée, la corde chanta bellement *(kalon aeise)*, pareille à l'hirondelle pour ce qui concerne la voix *(audèn)*. »

La lyre de nouveau est première. L'arc est second. L'arc d'Ulysse est comme une *kithara*. L'archer est comme un citharède. La vibration de la corde de l'arc chante un chant de mort. Si Apollon est l'archer par excellence, son arc est musical.

*

L'arc est la mort à distance : la mort inexplicable.

Plus exactement : la mort aussi invisible que la voix. Corde vocale, corde de la lyre, corde de l'arc sont une unique corde : boyau ou nerf de bête morte qui **émet** le son invisible qui tue à distance. La corde de l'arc est le premier chant : ce chant dont Homère dit qu'il est « pareil à l'hirondelle pour ce qui concerne la voix ». Les cordes des instruments à cordes sont des cordes-de-lyre-de-mort.

La lyre ou la cithare sont d'anciens arcs qui lancent des chants vers le dieu (des flèches vers la bête). La métaphore dont use Homère dans l'*Odyssée* est plus incompréhensible que celle qu'il présente dans l'*Iliade*, mais elle est peut-être indicielle : elle fait dériver l'arc de la lyre. Apollon est encore le héros archer. Il n'est pas sûr que l'arc ait été inventé avant la musique à cordes.

*

Le son, la langue s'entendent et ne se touchent ni ne se voient. Quand le chant touche, 1. il transperce, 2. il tue.

Les dieux ne se voient pas mais s'entendent : dans le tonnerre, dans le torrent, dans la nuée, dans la mer. Ils sont comme des voix. L'arc est doué d'une forme de parole, dans la distance, l'invisibilité et l'air. La voix est d'abord celle de la corde qui vibre avant que l'instrument soit divisé et instrumenté en musique, en chasse, en guerre.

*

La proie qui tombe est au son de la corde de l'arc ce que la foudre est au son du tonnerre.

*

Le *Rigveda* dit que l'arc porte la mort dans la corde bombée qui chante comme la mère porte son fils dans son sein.

*

Une langue.

D'abord, un promontoire. Puis, un problème.

*

L'hymne x du *Rigveda* définit les hommes comme étant ceux qui, sans y prendre garde, ont pour terre l'audition.

Les sociétés humaines ont pour habitat leur langue. Ce ne sont pas les mers, les grottes, les cimes des montagnes ou les bois profonds qui les abritent : mais la voix qu'ils échangent entre eux et ses accents singuliers. Et tous les actes des métiers et des rites se font à l'intérieur de cette merveille sonore, invisible et sans distance, à laquelle tous obéissent.

Ce qui permet aux hommes de s'entendre peut entendre à son tour.

C'est ainsi que les archers deviennent *Vac, Logos, Verbum.*

*

Quand les mots grecs sont devenus romains, quand les mots latins sont devenus français, leur sens a plus changé que le visage des marins et des commerçants qui les apportaient. Que le visage des légionnaires qui les hurlaient. Visages de la cour d'Auguste, ceux de la cour de Charlemagne, ceux entourant Madame de Maintenon blottie dans sa niche de toile de Damas, ceux que Madame Juliette Récamier accueille dans son salon de la rue Basse-du-Rempart. Les mots changeaient. Un peu les barbes et les fraises. Mais on peut supposer les mêmes visages.

Les sexes éternels.

Le même regard sur rien, au fond duquel le désir jette un même éclat terrible, et que tourmentent semblablement la si constante progression de la vieillesse, la peur de l'intolérable passivité de la souffrance, l'inverbalisable certitude de la mort dans sa plainte, ou dans son cri, dans son souffle dernier.

Je perçois les mêmes visages. Je devine les si identiques, insuffisants, apeurés, cocasses corps nus sous le linge qui les vêt. Mais j'entends des accents et des mots que j'ai du mal à saisir.

*

40

Je ne cesse pas d'appliquer toute mon attention aux sons que j'ai du mal à saisir.

*

Tréô et *terrere*. *Trémô* et *tremere*.

Les lèvres qui tremblent de froid dans l'hiver. Les *trementia labra* du consul Marcus Tullius Cicero. Les mots eux-mêmes tremblent quand tremblent les lèvres qui les prononcent. La petite poupée de chaleur de l'haleine elle-même tremble dans le froid de l'hiver.

Les lèvres, les mots et les sens. Les sexes et les visages. Les haleines et les âmes.

Les lèvres qui balbutient dans le sanglot.

Les lèvres qui frémissent quand on se retient de sangloter — ou quand on lit à la naissance de la lecture.

Les tremblements de terre et les ruines qu'ils protègent, les dissimulant sous elles-mêmes, pour attendre, comme des témoins, dix-neuf millénaires pour que s'ouvre une grotte.

Tremulare en latin n'a pas encore le sens sexuel marqué du tressaut : c'est la flamme qui vacille dans l'huile de la lampe de graisse.

Les œufs mollets. Les *tremula ova*.

*

Le javelot de Catillus dans Virgile vibre comme une corde qui est à l'harmonie.

Herminius meurt.

Jamais le compagnon d'Horatius Coclès ne porta un casque ni ne revêtit de cuirasse.

Il se bat nu. Une chevelure de « bête fauve » tombe de sa tête sur ses épaules. Les blessures ne l'effraient pas. Il offre tout son corps aux coups qui pleuvent et qui transpercent. Le javelot de Catillus s'enfonce en vibrant *(tremit)* entre ses larges épaules. Il le plie en deux sous le coup de la douleur *(dolor)*. Partout un sang noir *(ater cruor)* ruisselle. Chacun célèbre des funérailles. Chacun cherche à travers les lèvres de sa blessure une belle mort *(pulchram mortem)*.

Le beau son est lié à la mort belle.

Hasta per armos acta tremit. Javelot qui vibre, enfoncé entre les épaules.

*

Chaque son est une minuscule terreur. *Tremit.* Il vibre.

*

En Tunisie, au début du IVe siècle, près de
Souk-Akras, à Thubursicum Numidarum, le
grammairien Nonius Marcellus recensa en
douze livres les mots romains. Il intitula cet
ouvrage *Compendiosa doctrina per litteras* et il
le dédia à son fils. Sur une colonne du *volumen v*, Nonius a enregistré le mot *terrificatio*.
Nonius Marcellus est seul à connaître ce
mot. Il n'est attesté dans aucun des textes
anciens qui ont été conservés. Il en explique
le sens : épouvantail à oiseaux.

*

La musique est un épouvantail sonore. Tel
est, pour les oiseaux, le chant des oiseaux.
Une *terrificatio*.

*

La terrification à Rome, ou à Thubursicum : après l'arc, un mannequin grossier à
forme humaine et teint en rouge qu'on place
dans les champs de céréales.

C'est un croque-mitaine sonore et tintin-nabulant. L'épouvantail se dit en latin classique *formido*. De là le français formidable, qui signifie épouvantable. La *formido* était une simple corde *(linea)* à laquelle des touffes de plumes *(pinnae)* teintes de sang étaient accrochées de place en place. C'est l'ancien procédé de la chasse romaine par excellence : les rabatteurs meuvent les épouvantails couverts de plumes rouges, les esclaves dressent les torches, les chiens les accompagnent, aboyant et cherchant à emplir de panique les *monstrum* poursuivis, forçant les sangliers au fond de la forêt, les poussant en hurlant vers les chasseurs qui tiennent l'épieu, en tunique courte, les mains et le visage nus, appuyés fermement sur leur pied droit devant les filets.

Les Romains décrivent le bruissement ter-rifiant, le ronflement de la *linea pennis* dans le vent, formant le couloir d'accès piégeant et contraignant les fauves en direction des rets.

La *terrificatio* n'est plus exactement la *formido*. Par l'apparence d'un homme branchu barbouillé de vermillon, on a l'impression de faire humain et l'espoir de faire peur. Il ne s'agit plus de sangliers ou de cerfs. On se promet d'écarter ces curieux petits animaux amateurs de semences qui parviennent à l'aide de leurs anciennes nageoires couvertes de plumes à se déplacer dans l'air et que les hommes nomment des oiseaux.

Dans le puits de la petite grotte obscure qui se trouve près de Montignac, près de l'homme mort désirant, il y a un bâton fiché en terre surmonté d'une tête d'oiseau.

Un *inao*. Une *terrificatio*.

*

Dès le début du livre I de la *Consolatio*, alors que Boèce, en 524, enfermé dans la tour de Pavie, fait le compte de l'ensemble des sénateurs qui l'ont abandonné à la détresse et à la mort, le philosophe évoque son *terror*, son abattement, exhibe la chaîne qui est fixée à son cou, décrit le *maeror* qui, déprimant et émoussant sa propre capacité de penser, altère la perception de ce qu'il est et l'évaluation de ce qu'il vaut. En deux vers saisissants, Boèce montre la paralysie inintelligible où la douleur enferme la victime et évoque l'obéissante stupeur où la tyrannie enferme les hommes. Il compare entre eux ces deux *lethargus* énigmatiques et qui sont loin d'être caractéristiques des humains puisqu'ils dérivent de la fascination animale.

— *Sed te*, l'interrompt tout à coup la belle et immense femme qu'il a nommée Philosophia et qui se tient au-dessus de sa couche, *stupor oppressit.*

« Mais, toi aussi, le *stupor* t'oppresse. »

C'est alors à l'aveuglette, sans aucun de ses *volumen* à portée de la main, que Boèce, tandis qu'il s'efforce d'analyser la mise en place progressive du régime tyrannique de Théodoric, construit pour tout le Moyen Âge la figure mythique du tyran. Des jougs d'*imagines* deviennent des couples dialectiques avant qu'ils se transforment eux-mêmes en paires d'emblèmes : Zénon et Néarque, Cassius et Caligula, Sénèque et Néron, Papinien et Caracalla. Enfin lui-même, Anicius Torquatus Boethius, opposé à Flavius Theodoricus Rex.

*

Des épouvantails : des *terrificatio.*

*

Venette. Inspirer de la peur. La transpiration de la peur, l'horripilation, la pâleur, l'immobilisation, la cacade. Frémir, frissonner, trembler, se plier en deux. À terreur je préfère horreur. Le mot n'est guère plus précis mais il se trouve qu'il marque le dégoût et qu'il témoigne de la haine. Quel monde suppose-t-on quand on feint la surprise en voyant le *terror* mêlé à la prédation du pouvoir ? Peut-on séparer l'amour du *terror* dans ses moyens, dans ses manifestations et dans sa fin ? (Angoisse, tremblement, anorexie, pâleur, diarrhée, arythmie, râle.) Peut-on purifier la beauté de la terreur ? (Méduser, imposer silence, tenir en respect.) Connaît-on un dieu pur du *terror* ? Le père de famille le plus bonasse et le plus greuzien ou le plus diderotiste a la main plus vaste que la tête de son fils et, quand il se dresse, l'enfant ne voit que des genoux. Où sont les mains qui furent données comme les plus blanches ? Au bout des bras d'Erzsébet Bathory à Csejthe, dans la neige, sur un éperon des petites Carpates, en novembre 1609. Riche-

lieu répondit au père Mulot qui lui demandait combien il fallait compter de messes
pour tirer une âme du purgatoire : autant
qu'il faudrait de pelotes de neige pour
chauffer un four. Le *terror* est au fond de
mon cœur. Il est tout le fond de mon cœur.
Je ne fais confiance pour le limiter qu'à ceux
qui se reconnaissent totalement souillés au
moins du son qui l'avertit. Ce son a précédé
ma naissance, l'inspiration de l'air et le
contact du jour. Nous avons tendu une
oreille qui était terrorisée par des signes inin-
telligibles sous la cloison d'un ventre de
peau avant même que nos poumons fonc-
tionnent et qu'ils permettent de hurler.

*

Les hommes réitèrent la cloison d'un
ventre de femme sur la peau d'un tambour,
qui est la peau raclée de l'animal qu'on hèle
aussi avec le son de sa corne.

*

Réconciliation, paix, divinité, bonté,
pureté, satiété, civilisation, fraternité, éga-

lité, immortalité, justice, et ils se tapaient les mains bruyamment sur les cuisses.

*

Tout est couvert du sang lié au son.

*

La guerre, l'État, l'art, les cultes, les tremblements de terre, les épidémies, les bêtes, les mères, les pères, les partis, la contrainte, la souffrance, la maladie, le langage, entendre des sons, obéir. Je tends une sorte de dos.

Me dérober au gang ; d'un œil épier les seaux d'eau froide si drôles et si improvistes au-dessus de toutes les portes qui s'ouvrent, de l'autre la gueule béante des fauves ; fuir à toute allure dès que j'entrevois des corps qui ont quelque foi que ce soit en quelque institution ou en quelque être que ce soit ; fuir la convivialité gâteuse et atroce de ce temps ; construire une moindre dépendance au sein d'un petit réseau de formules de courtoisie,

d'accords de temps grammaticaux et d'instruments de musique,

49

de petites régions plus douces de la peau,
de quelques baies, de quelques fleurs,
de chambres, de livres et d'amis,
voilà à quoi ma tête et mon corps consacrent
la part essentielle de leurs temps réciproques,
toujours inajustés, finalement presque rythmiques. Ce fut ce dont les empereurs et les
ministres de l'Intérieur faisaient honte il y a
deux millénaires aux disciples d'Épicure et
de Lucrèce. Tristesse de Virgile. Tristesse du
Vergilius de la route de Piétole, des bords du
Mincio, de Mantoue, de Crémone, de Milan
même, l'auteur des *Bucoliques*, le disciple de
Siron, le Vergilius de l'amitié et des duos
de flûtes qui distendent les lèvres et qui
gonflent les joues.

Ménalque se tourna vers Mopsus et lui
dit : « Lisons-nous ce que nous écrivons. »

Le Vergilius de Rome exempté des taxes,
ambitieux, domestique, les doigts blancs,
les trois doigts crispés autour du *stylus* qui
raturent le nom de Cornelius Gallus ; lisant
à haute voix en dînant chez Octave ; lisant à
haute voix en dînant chez Mécène.

Vergilius pris de honte. Auquel le silence
fut soudain une rive.

Enfin le Publius Vergilius Maro le 21 septembre 19 avant l'ère, malade de la malaria, alité, suant dans une chambre de Brindisi, grelottant de froid malgré la chaleur de la fin de l'été et le feu du brasier qui lance ses flammes au milieu de la chambre, suppliant en mourant qu'on ramassât dans les coffres de la chambre, qu'on rapatriât de chez les amis les plus proches les tablettes de buis et les chants déjà retranscrits de l'*Énéide* afin qu'il pût les brûler tous de sa main.

Sa main tremblait. Ses lèvres tremblaient alors qu'elles suppliaient. Les gouttes de sueur tremblaient sur son visage qui quémandait ses livres.

Et ceux qui l'entouraient dans l'agonie ne bougeant pas, refusant de lui rendre ni les tablettes ni les rouleaux, impassibles, octaviens, las de ses cris, immobiles.

*

Horace vieillit. Quintus Horatius Flaccus réfléchit sur le cours de sa vie. Tout à coup il l'estime justifiée parce qu'il aura été « cher à ses amis ». *Carus amicis*. Tels sont les mots qu'inscrit Horace, le stylet tremblotant.

*

Au Vᵉ siècle avant Jésus-Christ, Confucius mourut. Il avait enseigné dans une bourgade de Chan-tong. Il fut enterré à K'ong-li, où furent conservées ses reliques.

Ses reliques sont au nombre de trois : son bonnet, sa guitare, son char.

« Confucius concevait la vie comme un effort perpétuel de culture, que l'amitié et une franche politesse rendaient possible, qui se poursuivait dans l'intimité, qui valait comme une prière, mais une prière désintéressée » (Marcel Granet, *La Pensée chinoise*, Paris, 1950, page 492).

*

Comme les Augures à Rome traçant du bout du *lituus* dans l'air l'espace imaginaire du temple. Le petit carré consolateur. Examinant les sens des vols des oiseaux alors qu'ils lançaient leurs ailes ou projetaient leurs chants dans le carré de cet espace feint. Ma vie est une petite recette de cuisine que je suis en train de mettre au point. Si j'avais devant moi cinq ou six millénaires, une sorte d'impression se fait jour en moi qui me dit que j'aurais peur d'y parvenir.

*

L'aimant fait venir à lui spontanément les minuscules débris de fer, de cobalt ou de chrome. L'aimant est comme le sourire de la mère. Le sourire de la mère entraîne sur-le-champ l'imitation d'un *retroussis de lèvres* sur la face de l'enfant. Le sourire de la mère est comme la peur : dans la peur la contagion s'appelle panique. Nous sommes tous, dès le surgissement, avant le surgissement, dès la plus extrême enfance, avant la naissance elle-même, totalement mimétiques, aussi reproducteurs que nos mères l'ont été pour nous faire. Nous sommes tous totalement paniqués. La musique est comme le sourire panique. Toute vibration qui approche le battement du cœur et le rythme du souffle entraîne une même contraction, aussi involontaire, aussi irrésistible, aussi panique. Le sourire, qui découvre les dents chez les tigres, les hyènes et les hommes, est un relief de panique. Nous sommes tous sans résistance à l'égard de la panique (la pierre panique, le sourire de la mère magnétique, le pôle panique, la boussole mentale. Nous sommes tous ces petits « rongements de nickel ». Nous sommes tous ces fragments, ces contractures à l'égard de la « pierre bleuâtre », à l'égard de la concupiscence, à l'égard de l'épouvante violente, à l'égard de la mort).

*

Comment peut-on regarder de haut la mort ? Dans le dessein de la désapprouver ? Je désapprouve l'Achéron. Je désapprouve les ombres. Déclarer que c'est trop injuste ? Que c'est illégal ? Comment peut-on réprimander la domination ou la maladie ? La sexuation ? Comment peut-on dire non au *terror* ? Comment peut-on donner tort à ce qui est ?

La religion récente du bonheur me soulève le cœur.

Les gens qui décident de se soustraire à l'épouvante, je fais mon possible pour que mes lèvres ne frémissent ni ne s'étirent, je me pince jusqu'au sang pour ne pas rire.

*

Les fredons surgissants.

Les mots forment chaîne dans le souffle. Les images forment rêve dans la nuit. Les sons aussi forment chaîne le long des jours. Nous faisons aussi l'objet d'une «narration sonore» qui n'a pas reçu dans notre langue une dénomination telle que «le rêve». Je les nommerai ici les fredons surgissants. Les fredons surgissant inopinément quand on marche, surgissant tout à coup, selon le rythme de la marche.

Vieux chants.

Cantiques.

Ritournelles enfantines et conjuratrices.

Berceuses ou comptines. Polkas ou valses. Chansons de société et refrains populaires.

Détritus de Gabriel Fauré ou de Lulli.

Les malles d'osier dans la poussière dans le grenier d'Ancenis, dans l'odeur âcre de la poussière sèche et fine, dans les rais de lumière que les lucarnes étroites concentraient. Presque de la poudre d'un plâtre qui se répercutait sur les partitions de musique des ancêtres, qu'avaient écrites des files de Quignard à la queue leu leu, tous facteurs d'orgues et organistes en Bavière, dans le Wurtemberg, en Alsace, en France au

XVIIIe siècle, au XIXe siècle, au XXe siècle. La plus grande part de leurs œuvres était notée sur un papier épais et bleu. L'or tombait de l'unique lucarne, permettait de les lire, poussait à en soulever la poussière, incitait à les fredonner. Le premier rythme fut la battue du cœur. Le deuxième rythme fut la pulmonation et son cri. Le troisième rythme fut la cadence du pas dans la marche debout. Le quatrième rythme fut le retour assaillant des vagues de la mer retombant sur la rive. Le cinquième rythme prélève la peau de la viande qui fut mangée, la tire, la fixe et attire le retour de la bête aimée, morte, dévorée, désirée. Le sixième rythme fut celui du pilon dans le mortier des céréales, etc. Le fredon resurgissant de façon inopinée renseigne aussitôt sur l'état dans lequel on est, sur l'humeur dont sera tissé le jour, sur la proie que l'on hèle. C'est ce qu'en classe de solfège on enseignait aux petits enfants sous le nom de l'armure. Le fredon dit en quel ton l'espace du corps est. Il distribue le nombre des dièses et des bémols dont il faudra se souvenir en jouant la pièce du jour jusqu'à la progression de la nuit qui enveloppera le corps et le visage mais n'assourdira aucunement le monde.

*

L'impatience et l'irritation à ne pas reconnaître le nom, le titre, les paroles qui permettraient de maîtriser le fredon resurgi. Ignorer le nom de ce qui hante dans le son. Ignorer avec quelle matière, sur quel motif tout va « tistre » soudain, « coalescer » soudain. Curiosité apeurée de cette régurgitation impalpable, sonore, qui pourtant est exactement comme celle d'un lait maternel ou d'un vomissement. Bouffée de détresse qui « prend » la tête et s'étend au rythme respiratoire, étreint le cœur, serre peu à peu le ventre, qui pique le dos — à l'instar d'un lait bovin qui « tourne » au contact de la chaleur qui lui est soudain contiguë. Souffrance des mots qui font défaut, qui « sont » absents sous l'espèce du « son », qui sont les Absents, qui se tiennent absents sur le « bout » de la langue. Sur le « promontoire », sur le *problèma* de la langue.

Sur la *lingua* de la langue.

Avant qu'un sacrificateur jette dans l'océan, c'est-à-dire dans l'affect, la victime émissaire du Sonore : l'homme-quiest-le-sacrifié-du-langage. L'homme qui est l'*obéissant.*

*

Je suis comme ce voleur du conte de l'Inde ancienne qui se bouchait les oreilles dès lors qu'il s'agissait de voler des clochettes.

*

Je ne connais que quatre œuvres où la joie fut considérée comme la qualité humaine la plus haute : Épicure, Chrétien de Troyes, Spinoza, Stendhal. Les héros de Chrétien de Troyes au terme de leur aventure reçoivent pour récompense la Joie. On reste incertain de ce que cela pouvait être. La *Joy* était soit un cor magique qui contraint à danser, soit une corne qui enivre, soit un jeu, soit la jouissance. *Jocus* est le jeu de liesse. Être coi de joie au terme du langage, au dénouement de l'aventure, s'ouvrant au silence ou à la musique de ce cor contraignant l'âme au silence, telle est la cible du romancier comme elle est la proie du héros.

*

Chrétien de Troyes a écrit *Guillaume d'An-gleterre*. Guillaume d'Angleterre lors du banquet des retrouvailles n'a même pas témoigné d'attention à son épouse : il s'est abîmé soudain en « pensée ». Il voit un cerf. Il pourchasse ce cerf seize cors. Il s'écrie tout à coup : « Hu ! Hu ! Bliaut ! » Cette séquence est purement sonore : elle est si sonore que le cri arrache le roi à la vision qui l'avait engendré. Ce n'est qu'après le cri lancé au chien et dirigé contre le cerf qu'il peut reconnaître le corps de sa femme et l'interroger sur ce qu'a été sa vie depuis qu'ils se sont quittés, plus de vingt ans plus tôt.

Ce sont des *otium*. Des affûts vides soumis à l'emprise archaïque des prédations qui les ont formés. Des extases toutes laïques. Ce sont des « intervalles morts ». Ce sont, dans tous les romans de Chrétien de Troyes, ce que le romancier nomme avec profondeur des « pensées ». Les pensées ne sont pas des séquences idéologiques. Les « pensées » sont les « éclipses ». L'oubli d'Érec pense. L'amnésie d'Yvain pense. Lancelot perdant tout à coup son nom pense.

*

Perceval est appuyé sur sa lance. Il contemple trois gouttes de sang déposées sur la neige, que la blancheur et le froid de l'hiver boivent lentement. Chrétien écrit : « Si pense tant que il s'oblie. »

*

Marcel Proust s'est ressaisi de ce *stupor* moyenâgeux. C'est le narrateur de la *Recherche* penché sur sa bottine dans le Grand Hôtel de Balbec, en larmes, s'écriant : « Cerf ! Cerf ! Francis Jammes ! Fourchette ! »

*

Le bruit de la cuillère cogne contre l'assiette de faïence et, sous la brume de la soupe qu'elle cherche à saisir, le dessin pris dans la faïence, qui va être découvert peu à peu sous la consistance épaisse, ne se décèle pas encore.

La cuillère, cognant le contenant, tinte.

Le cerf au fond de l'assiettée, la cuillère raclant, remonte de la préhistoire.

L'arc musical remonte.

Le fredon entre en résonance avec la molécule sonore individuelle plus ancienne que le jour. La vieille corde asème vibre peu à peu à l'harmonie du chant sémantique apparemment absurde qui l'évoque. L'émotion tombe sur nous d'un seul coup. Tout bouleverse soudain à nouveau tous les rythmes du corps mais rien qui ait réellement sens n'a pu être fourni.

*

Stupor. Tomber dans les pâmes. Les pâmes définissaient les pâmoisons. C'est saint Pierre dans la cour d'Anne à Jérusalem. C'est Augustin dans le jardin de Milan associant le cri du corbeau à une vieille ronde enfantine entendue à Carthage et sur le titre de laquelle il ne parvient pas à remettre la main. Les insomnies de saint Augustin à Cassiciacum. Le murmure persistant du ruisseau qui l'importune. Les rongements des souris (et Licentius qui couche auprès d'Augustin et qui tape avec un morceau de bois de buis contre le pied du lit pour les faire fuir).

Le bruit du vent dans les feuilles des châtaigniers de Cassiciacum.

*

Il y a un vieux verbe français qui dit ce tambourinement de l'obsession. Qui désigne
ce groupe des sons asèmes qui toquent la
pensée rationnelle à l'intérieur du crâne et
qui éveillent ce faisant une mémoire non
linguistique. *Tarabust*, plus que fredon, est
peut-être le mot qu'il faut proposer. *Tarabustis* est attesté après Chrétien de Troyes, au
XIVe siècle.

« Quelque chose me tarabuste. »

*

Je recherche le tarabustant sonore datant
d'avant le langage.

*

Tarabust est un mot instable. Deux mondes
distincts se croisent en lui, l'attirent à eux et,
partant, le divisent selon deux procès de déri-
vation morphologique qui sont l'un autant

que l'autre trop vraisemblables pour que le philologue soit à même d'en décider. Le mot de tarabust est lui-même querellé entre le groupe de ce qui rabâche et le groupe de ce qui tambourine. Entre le groupe *rabasta* (le bruit de querelle, le groupe rabâchant) et le groupe *tabustar* (frapper, *talabussare, tamburare*, la famille des résonateurs, des tambours).

Ou coïts humains vociférants. Ou percussions d'objets creux.

L'obsession sonore ne parvient pas à départager dans ce qu'elle entend ce qu'elle ne cesse de vouloir entendre et ce qu'elle ne peut pas avoir entendu.

Un bruit incompréhensible et qui rabâche. Un bruit dont on ne savait pas s'il était querelle ou tambourinement, halètements ou coups. Il était très rythmé.

Nous venons de ce bruit. C'est notre semence.

*

Toute femme, tout homme, tout enfant reconnaît aussitôt le tarabust.

Le saumon remonte le cours de la rivière

et de sa vie pour mourir juste à la frayère où il fut conçu.

Et fraie, et meurt.

Des lambeaux de peaux rouges tombent au fond du lit.

*

Werner Jaeger (*Paideia*, Berlin, 1936, tome I, page 174) affirme que la trace la plus ancienne en langue grecque du mot rythme est spatiale. Jaeger, comme Marsyas fait de la flûte d'Athéna sur une berge de Phrygie, ramasse le vestige dans un fragment d'Archiloque :

« Avise-toi de savoir quel *rhythmos* tient les hommes dans ses filets. »

Le rythme « tient » les hommes comme un contenant. Le rythme n'est rien de fluide. Il n'est ni la mer ni le chant mouvant des vagues qui reviennent, retombent, se retirent, s'amassent, gonflent. Le rythme tient les hommes et les fixe comme les peaux sur les tambours. Eschyle dit que Prométhée est détenu pour l'éternité sur sa roche dans un « rythme » de chaînes d'acier.

*

Des fredons s'incrustent avec autant de promptitude dans le cœur des hommes que la rouille dans le fer.

*

Il est des choses que nous n'osons révéler à nous-mêmes même dans le silence, même dans les rêves que nous faisons. Les fantasmes sont des sortes de mannequins situés derrière les images et les souvenirs, et par lesquels ces derniers tiennent debout. Nous leur sommes entièrement obéissants, quoique nous redoutions d'apercevoir ces armatures antiques et passablement obscènes où se concentre notre vision et qui la préforment.

Il est des structures sonores plus anciennes que ces *terrificatio* visuelles. Les tarabusts sont les fantasmes pour ce qui concerne les rythmes et les sons.

Comme l'audition précède la vision, comme la nuit précède le jour, les tarabusts précèdent les fantasmes.

C'est ainsi que les idées les plus étranges ont un but, les goûts les plus singuliers une source, les manies érotiques les plus surprenantes une ligne d'horizon irrésistible, les paniques un point de fuite invariable.

C'est ainsi que les animaux les plus sagaces peuvent être fascinés et attendent paralysés la mort qu'ils craignent et qui vient sur eux sous la forme d'une gueule qui s'ouvre, qui chante.

*

Ce qui est dans ma pensée n'appartient qu'à moi-même.

Mais le moi n'appartient pas à lui-même.

Le fantasme est la vision involontaire obsédante.

Le tarabust est la molécule sonore involontaire, assiégeante, tourmentante, lancinante.

*

Dans l'*Odyssée*, au XIIe chant, ce sont les vers 160 à 200.

Les Sirènes chantent sur une prairie en fleurs, entourées par les débris des os des hommes consommés.

Il paraît que quand nous sommes encore

au fond du sexe de nos mères nous ne pouvons pétrir de la cire empruntée aux ruches des abeilles pour nous en faire des bouchons pour les oreilles. (Les abeilles autour des fleurs du jardin, les guêpes avant l'orage, les mouches dans les chambres aux persiennes repoussées, qui errent et bourdonnent, sont les premiers tarabustants des oreilles des tout petits enfants à l'heure de la sieste rituelle de l'après-midi.) Alors nous ne pouvons pas ne pas entendre. Nous sommes pieds et mains liés au mât debout sur l'emplanture, minuscules Ulysses perdus dans l'océan du ventre de nos mères.

Ce que dit Ulysse après que les Sirènes ont chanté et après qu'il a hurlé qu'on lui défasse, par pitié, les liens qui le retiennent au mât d'emplanture, afin qu'il puisse rejoindre sur-le-champ la musique bouleversante qui le fascine :

— *Autar emon kèr èthel' akouemenai.*

Ulysse n'a jamais dit que le chant des Sirènes était beau. Ulysse — qui est le seul humain qui ait entendu le chant qui fait mourir sans l'avoir fait mourir — dit, pour caractériser le chant des Sirènes, que ce chant «remplit le cœur du désir d'écouter».

*

Les sons de la voix prélèvent une part de leur souffle sur l'air accumulé et rejeté lors de la respiration. Tout l'« auditoire » interne et même le futur « théâtre » respiratoire reflètent avec emphase les émotions que le corps éprouve, les efforts qu'il cherche à faire pour les éloigner ou les sensations qui l'animent. Les sons composent avec la nécessité de l'air et de la ventilation qui contraignent cet instrument tendu de peau et creux qui est nous-mêmes. Le langage s'organise avec un corps zoologique qui inspire et qui expire sans répit. Qui « agonise » sans répit. Celui qui émet des sons divise sa respiration en deux parts jamais complètement distinctes. Il abandonne sa volonté aux rênes de cette pulmonation obsédante qui l'assujettit. Et — le mot *psychè* en grec ne veut dire que le souffle — il bâtit avec ses cris, son ton, son timbre, sa voix, sa cadence, son silence et son chant.

Cette métamorphose et cette division fonctionnelles sont elles-mêmes redoublées par une caractéristique plus singulière : celui qui émet un son entend le son qu'il émet. (Du moins après sa naissance et son arrivée dans l'air et dans le souffle. Et encore qu'il ne puisse pas l'entendre tel qu'autrui le perçoit. Pas plus que celui qui l'entend ne peut le percevoir tel qu'autrui le produit.) Sans cesse ce rebond a lieu et c'est ce jeu qui ne cesse de se répéter qui permet de construire la hauteur, l'intensité, le rythme, l'incantation, la persuasion et les formes diverses, rhétoriques, c'est-à-dire personnelles, des cris «déchirants», des geignements «maussades», des soupirs «profonds», des silences «murés».

Sans cesse «oreille» compare ce que «bouche» et «gorge» ont tenté.

Le comparant est la «psychè» pulmonaire. Tel est le lien de l'âme au vent. Puis à l'aérien, c'est-à-dire à l'invisible, aux sons, aux célestes, aux oiseaux. À l'hirondelle d'Homère.

Ainsi le son qui résonne est-il déjà le résultat d'une véritable compétition sonore. Chaque espèce animale appropriée à l'air se dote d'un fredon qui lui permet de se différencier des autres espèces, participant à un système sonore où elle ne joue la partie qui est attendue d'elle pour s'associer à sa «famille sonore» qu'en surimposition et en négation des autres parties qu'elle est capable d'entendre. Nous nous imitons nous-mêmes imitant. Ce n'est pas que l'enfance. Une sorte d'entretien sonore, de réson et de comparution incessante fondent, travaillent et précisent sans trêve chaque langue dans le système des voix de la même façon qu'elle fonde et alerte chaque son dans la forêt sonore.

*

Le brame est le regret du chant des hommes. La mue des garçons ne peut le dépasser dans sa profondeur et sa violence pétrifiante.

Pour l'homme, le brame est le chant impossible. Il fut le chant identitaire autant qu'il est pour lui le chant inimitable confié au secret invisible de la forêt.

*

La septième sur les cordes — sur les arcs — et dans les vents — au bout des flûtes — peut être jouée. Au clavecin ou au piano, elle n'est jamais entendue. Sinon pour ceux qui lisent à la muette les œuvres écrites pour le clavier. Et pourtant l'auditeur croit entendre ce qui n'est pas joué.

Avec l'œil seulement on « entend » les sensibles.

On hausse un peu pour *l'oreille de l'œil* ce que la touche ne saurait produire.

Même pour les cordes, Johann Sebastian Bach aimait à noter sur la partition des rondes et des blanches liées à deux cordes d'écart qui ne pouvaient être audibles que pour l'œil.

*

Notes ininterprétables, sons non sonores, signes qui sont inscrits pour la pure beauté de l'écriture.

Je propose d'appeler « notes inouïes » ces sons écrits injouables qui font penser à ce que les grammairiens nomment les « consonnes ineffables » (le *p* dans sept).

*

À côté des chants interdits à l'homme quand a lieu sa mue, il y a aussi des voyelles ineffables. Et point seulement chez les dieux qui règnent sur les nuées sombres et le Sinaï et dont le nom consonantique se murmure à l'aide de la brise à l'entrée des grottes d'avant l'histoire.

Encore dans les forêts (le *a* dans daine).

*

Tout ce que les millénaires sur le Gange ont vu de l'histoire des hommes tient en un éclair en plein midi : «Tout ce que tu as entendu ressemble au morceau que joue le musicien quand le valet a porté à réparer sa cithare et après que la souris a grignoté la partition. »

*

On dit de certaines pluies qu'elles martèlent. D'autres qu'elles tambourinent. D'autres qu'elles crépitent. Ces images, indépendamment de l'impression de vérité qu'elles procurent, sont à proprement parler extraordinaires — un tambourin, un feu, un marteau — pour dire la pluie. De telles images conduisent alors à inverser la comparaison à leur source.

Ce ne fut pas la pluie qui tambourinait. Ce fut le tambourin qui appelait la pluie.

C'est Thor qui tient le marteau.

*

Au Moyen Âge, le revenant était accoutumé de toquer au vanteau de la fenêtre ou à la porte à trois reprises avant de revenir. Ces sons ressuscitaient le frappement des trois clous de la croix. (Et ils préfiguraient les trois coups qui se sont mis à précéder de nos jours au théâtre l'apparition des fantômes colorés et bavards.)

Les morts tambourinent. Dans les nô japonais, ce tambourinement atteint une intensité bouleversante, à chaque intervention, que rien ne paraît pouvoir égaler.

Ce que je nomme le tarabust est le tambour tendu de soie de Zeami : ce tambour attend un tambourineur dont l'amour sera si fort qu'il fera sonner un tissu de soie. Le tambour de Zeami est une consonne ineffable à Kyôto, au milieu du XVe siècle.

Dans un récit de Césaire de Heisterbach, qui date de la première moitié du XIIIe siècle, un père mort, comme il avait pris l'habitude de revenir fréquemment dans la maison de son fils, donnait de véritables coups de poing dans la porte *(fortiter pulsans)* au point que son fils se plaignit à son père d'avoir un sommeil empêché même quand il ne revenait pas.

*

Les premiers textes écrits dans l'histoire du monde (les littératures sumérienne, égyptienne, chinoise, sanskrite, hittite) sont crépusculaires. Ces chants, ces lettres, ces dialogues et ces récits sont tous marqués par le *terror* et la réitération gémissante, tragique. « Tragique » veut dire en grec la voix muante et rauque du bouc mis à mort. Le désespoir qui porte ces textes les plus antiques est aussi absolu que la mort à leur terme et la ruine au bout de leur destin. Autant de textes qui sont hantés par la mort et les morts. Qui sont tarabustés.

Autant d'auteurs qu'on leur suppose : autant de Job.

Fraîcheur, espoir, gaieté, il faut attendre les religions révélées et les idéologies d'États nationaux pour voir se profiler les silhouettes enchanteresses à l'horizon : sens de la vie, sens de la terre, accroissement de la guerre, progrès de l'histoire, aurore, déportation.

*

Au temps de l'empereur Ti Yao vivait Hiu-yeou. L'empereur envoya à Hiu-yeou une troupe de ses meilleurs officiers pour lui demander d'accepter l'empire. Hiu-yeou fut pris d'une nausée imparable devant l'émissaire à la seule idée que l'empereur céleste eût songé à lui offrir de diriger le monde.

La main sur la bouche, il ne put rien répondre. Et il se retira.

Le lendemain, avant l'aube, alors que les officiers dormaient encore, il s'enfuit.

Il arriva au pied du mont Tsi-chan et découvrit un lieu si désert qu'il éprouva le désir de s'y établir. Il considéra autour de lui les roches qui pourraient l'abriter et posa son baluchon sous l'une d'entre elles.

Alors il descendit à la rivière pour se laver les oreilles.

*

Tch'ao-fou poussa plus loin que Hiu-yeou le mépris des choses politiques.

Tch'ao-fou vivait dans un petit ermitage, bien caché sous les feuillages, que nul ne pouvait voir, au bas du mont Tsi-chan, juste au-dessus de la vallée. Il possédait en tout et pour tout un champ et un bœuf. Alors qu'il descendait le flanc de la vallée pour aller faire boire son bœuf dans la rivière, Tch'ao-fou vit Hiu-yeou accroupi sur la rive, penchant la tête à droite, inclinant la tête à gauche, en train de se laver les oreilles.

Tch'ao-fou s'approcha de Hiu-yeou et, après l'avoir salué à plusieurs reprises, il lui demanda la raison de ses gestes rythmés.

Hiu-yeou rétorqua :

«L'empereur Ti Yao m'a proposé de prendre les rênes de l'empire. Voilà pourquoi je suis en train de me laver soigneusement les oreilles.»

Tout le haut du corps de Tch'ao-fou frémit.

Il considéra en pleurant la rivière Ying.

Tch'ao-fou tira son bœuf par le licol et ne lui permit plus de boire dans la rivière où Hiu-yeou avait lavé des oreilles qui avaient entendu une semblable proposition.

*

Dans deux trios de Londres de Haydn a lieu un événement très rare : des phrases qui se répondent et qui ont presque du sens. Elles sont à la limite du langage humain.

Des petites sociétés sans hurlements.

Consonner. Une réconciliation sonore.

*

La *suavitas*.

Suave, en latin, veut dire doux.

Qui ne se fâche pas. Des parents qui ne grondent pas. Des hommes qui ne lancent pas leur voix pour dominer. Des femmes qui ne se plaignent pas d'être des filles quand elles ne sont pas des mères, et qui ne gémissent pas d'être des mères quand elles ne sont plus des filles.

Qui caresse.

Dont la voix est aimante, coulante et gaie comme un petit ruisselet de fonte des neiges qui descend de la montagne, qui descend du mont Tsi-chan.

Qui n'offense pas.

*

Suasio. La persuasion. Qu'est-ce qui, en latin, est *suavis*? La si extraordinaire ouverture du IIᵉ livre de Lucrèce répond trois fois. À trois reprises Lucrèce définit ce qui est suave :

Suave mari magno turbantibus aequora ventis
et terra magnum alterius spectare laborem...

« Il est *suave*, quand la mer immense est soulevée par les vents, d'observer du rivage la détresse d'autrui. Non qu'on éprouve une agréable *voluptas* à voir souffrir le congénère : simplement il est *suave* de contempler les maux qui nous sont épargnés.

« Il est *suave* encore d'assister sans risque aux grands combats de la guerre, de contempler de haut les batailles rangées dans les plaines.

« Mais de tout ce qui est suave, le plus doux *(dulcius)* est d'habiter les acropoles fortifiées par la *doctrina* des sages... »

Les arguments qu'invoque Lucrèce ont été commentés des siècles durant par la tradition de la façon la plus sèche, la plus moralisante. Ils ont été jugés cyniques ou insuffisants. Le finale pourtant en révèle le secret : n'entendez-vous pas « ce qu'aboie la nature » ? La nature aboie *(latrare)*, elle ne « parle » pas *(dicere)*, le réel n'est pas pourvu du sens que seuls l'imaginaire et les institutions symboliques ou sociales des hommes qui parlent entre eux nouent dans le guet terrifié du son. Ce qu'énonce la nature est, au-delà de la plainte ou de l'intensité agressive, un son en effet cynique, un son de chien : un son non sémantique qui nous précède dans notre gorge même. *Latrant, non loquuntur* : « Ils aboient, ils ne parlent pas. » Le son zoologique précède et fait d'abord, avant tout sens, sauter le cœur. L'aboi de l'aboi, c'est le brame.

À partir de l'aboi qui ferme le texte, le *suavis*, le suave présente aussitôt un sens beaucoup plus concret que les arguments, eux-mêmes très idéologiques et trifonctionnels, que Lucrèce produit : le *suavis* est moins l'éloignement que le texte décrit, que la conséquence sonore du lointain. Le texte ne répète trois fois qu'une seule chose : on est trop loin pour entendre. Les naufragés, on n'entend pas leurs cris. On est sur le rivage. On voit des petites figures gesticuler : ce sont des laboureurs de la mer et des commerçants qui s'effacent au loin à la surface de l'océan. Mais, autour de soi, on n'entend que le bruit des vagues qui battent le rivage. Les guerriers, on n'entend pas leurs cris ni le choc des armes et des boucliers, ni le feu qui crépite dans les granges et les champs. On est dans le bosquet au haut de la colline. On voit des petites figures qui tombent sur la terre. Autour de soi, on n'entend que le chant des oiseaux. Au haut de l'acropole ou du temple, on n'entend plus rien du tout. Même, le vautour est le seul, parmi les oiseaux, qui a sacrifié le groupe à la solitude et le chant à l'élévation. On n'entend même plus l'aboi lui-même des chiens, ni le ahanement du travail, ni le ventre qui lui aussi, à Rome, comme la nature, « aboie » sa faim *(latrans stomachus)*, ni le piétinement des troupeaux qui rentrent, ni les cheminées qui ronflent : mais le silence des atomes qui pleuvent dans l'espace nocturne et les lettres muettes de l'alphabet alignées sur les *paginae* (les sillons) des *volumen*. L'*auctor* comme le *lector* n'entendent pas crier ou aboyer les *litterae*.

La *litteratura* est le langage qui se sépare de l'aboi. Telle est la *suavitas*. La *suavitas* n'est pas une notion visuelle, mais auditive. L'éloignement ne procure pas, au moyen de la vision panoramique, la *voluptas* propre aux Célestes : il approfondit l'écart à l'égard de la source sonore. C'est la *suavitas* du silence, la *suavitas* non pas du *tu* mais du *taisir*, la *suavitas* de l'*aboi perdu au loin* dans l'horreur. Une cloison dont la matière est la distance dans l'espace. Une souffrance qui n'a plus de cris. Un souvenir d'enfance de Titus Lucretius Carus.

*

À Fontainebleau. En 1613. Marie de Médicis aimait François de Bassompierre.

Messieurs de Saint-Luc et de La Rochefoucauld, amoureux l'un et l'autre de Mademoiselle de Néry, ne s'adressaient plus la parole. Bassompierre fit le pari suivant avec Créqui : non seulement il les réconcilierait, mais il obligerait Saint-Luc et La Rochefoucauld à s'embrasser ce jour même.

Le jardin de Diane s'étendait sous les fenêtres de la reine. Concini est avec Marie de Médicis dans la vaste rencognure de la fenêtre. Il lui montre Bassompierre en bas. Concini, avec son gant, désigne les quatre hommes en train de discuter avec les mains et qui s'embrassent parmi les fleurs.

Concini explique à la reine que ces embrassades et ces serments, ces étreintes entre hommes qui sont loin de passer pour préférer les attributs de leur propre corps, ont quelque chose d'anormal.

Pourtant ce ne sont que des silhouettes naines qui gesticulent au loin dans le silence, dans la fraîcheur et la lumière du jour qui naît.

Concini tapote sa dentelle. Il murmure comme à part soi qu'il est peut-être curieux de voir Bassompierre animer La Rochefoucauld comme si cette braise ombrageuse avait besoin du secours d'une flamme. Il se demande tout haut s'ils « cabalent ». Peut-être même « briguent-ils » ? Sinon à quoi servent, ajoute-t-il, ces baisers entre gens qui se voient tout le temps ?

Le soir venu, Marie de Médicis fait refuser la porte de ses appartements à Monsieur de Bassompierre parce qu'il a touché au matin le bras de Monsieur de La Rochefoucauld puis embrassé Monsieur de Saint-Luc dans le petit jardin qui est situé sous sa fenêtre. L'interprétation verbale des «mots inaudibles» qu'a donnée Concini a eu gain de cause. J'ajoute que Concini est comme Orphée : le corps de Concini fut déchiqueté et mangé cru par le peuple de Paris, toutes cloches carillonnantes. J'éprouve une fascination spontanée pour ces scènes de «malentendu», qui sont à vrai dire des scènes de «non-entendu». On lit cette anecdote dans le journal de Bassompierre. Je l'ai complétée à l'aide d'une lettre de François de Malherbe. Je songe aux peintures du Lorrain. Il a treize ans alors (alors que cette scène se passe dans le jardin de Diane à Fontainebleau). Son père et sa mère sont morts. Il arrive à Rome. Des personnages perdus dans la nature. Ils n'ont pas la taille d'un doigt. Ils sont au premier plan et ils bavardent ensemble. Dans les peintures du Lorrain, on est toujours trop loin pour entendre. Ils sont perdus dans la lumière. Ils parlent vivement et nous n'entendons que le silence et la lumière qui tombe.

*

Il s'appelait Simon, pêcheur, fils et petit-fils de pêcheurs de Bethsaïde. Il était lui-même pêcheur à Capharnaüm. Ce mot français qui dit le débarras et le chaos était alors un beau village. Un dieu particulièrement anthropomorphe s'approcha de la barque, héla le pêcheur et décida de lui ôter le nom afin d'y substituer un patronyme de son invention. Il lui ordonna de quitter le lac de Génésareth. Il lui ordonna d'abandonner la crique. Il lui ordonna de laisser tomber le filet. Il l'appela Pierre. La soudaineté et l'étrangeté de ce baptême commencèrent de brouiller, de détraquer le système sonore dans lequel Simon avait été plongé jusque-là. Ces syllabes neuves aux sons desquelles il lui fallait répondre désormais, l'expulsion et l'enfouissement des anciennes syllabes qui l'avaient nommé, le refoulement des émotions et la mise à l'écart des petites fables qui s'étaient peu à peu associées dans son enfance à ces sons, quelques comportements involontaires ou inopinés parfois les trahirent. Un aboi de chien, une poterie brisée, la houle, un chant de grive, ou de rossignol, ou d'hirondelle le faisaient tout à coup s'effondrer en sanglots. Selon Cneius Mammeius, Pierre aurait confié un jour à Judas Iscariote que le seul regret qu'il conçût de son ancien métier, ce n'étaient ni la barque, ni la crique, ni l'eau, ni les filets, ni l'odeur puissante, ni la lumière qui se prend dans les écailles des poissons qui meurent dans une sorte de sursaut : saint Pierre confia que ce qu'il regrettait dans les poissons, c'était le silence.

Le silence des poissons quand ils meurent. Le silence durant la journée. Le silence au crépuscule. Le silence au cours de la pêche nocturne. Le silence dans l'aube quand la barque revient vers la rive et que la nuit s'efface peu à peu dans le ciel en même temps que la fraîcheur, les astres et la peur.

*

Une nuit au début du mois d'avril 30 à Jérusalem. Dans la cour du grand prêtre Anne, beau-père de Caïphe. Il fait froid. Serviteurs et gardes sont assis ensemble. Ils tendent les mains vers le feu. Pierre s'assoit auprès d'eux, lui-même portant les mains en avant vers le brasier, réchauffant son corps frissonnant. Approche une femme. Elle croit reconnaître les traits de son visage à la lueur qui émane du brasier. Dans l'atrium *(in atrio)* le jour vient dans la fin de l'hiver et la brume humide. Un coq *(gallus)* chante tout à coup, Pierre est bouleversé en entendant ce son qui aussitôt met à nu une phrase que Jésus le Nazaréen lui a dite — ou du moins une phrase dont Pierre se remémore tout à coup qu'il la lui a dite. Il s'éloigne du feu, de la femme, des gardes, gagne le porche de la cour du grand prêtre et, dans l'embrasure du porche, sous la voûte, il s'effondre en sanglots. Ce sont les larmes amères. Les larmes que l'évangéliste Matthieu dit amères.

*

«Je ne sais pas ce que tu dis», dit Pierre à la femme dans l'atrium. Il répète : *Nescio quid dicis* (Je ne sais pas ce que tu dis.)

La femme remonte sa capuche dans la fin glaciale de la nuit d'avril. Elle dit : «Ta parole te trahit.» *Tua loquela manifestum te facit.*

Je ne sais pas ce que la parole dit. Voilà où

en est Pierre. Je ne sais pas ce que le langage manifeste. Pierre le répète. Ce sont ses larmes. Je le répète. C'est ma vie. *Nescio quid dicis.* Je ne sais pas ce que tu dis. Je ne sais pas ce que je dis.

Je ne sais pas ce que je dis mais c'est manifeste.

Je ne sais pas ce que tu dis mais l'aube point. Je ne sais pas ce que le langage rend manifeste mais le coq une seconde fois se met à élever le chant rauque et affreux qui manifeste le jour.

La nature aboie l'aube sous la forme du coq : *latrans gallus.*

Sous le porche, dans ce qui reste de la nuit, *flevit amare.* Il pleure amèrement. *Amare* c'est aimer. C'est aussi amèrement. Nul ne sait en parlant ce qu'il dit.

*

Jorge Luis Borges citait un « vers que Boileau a traduit de Virgile » :

« Le moment où je parle est déjà loin de
[moi. »

À la vérité, il s'agit d'un vers d'Horace. Ce vers est celui qui précède le *Carpe diem* de l'Ode XI :

Dum loquimur fugerit invidia aetas.
Carpe diem quam minimum credula postero.

(Tandis que nous parlons le temps jaloux de toutes les choses du monde a fui. Coupe et tiens dans tes doigts le jour comme on fait d'une fleur. Ne crois jamais que demain viendra.) Borges évoque le fleuve qui se reflète dans les yeux d'Héraclite alors qu'il le traverse. Les yeux des hommes ont moins changé que l'eau qui passe. Ils sont souillés équitablement. Personne ne voit le fleuve où il a pénétré avant qu'il fût. Dans saint Luc la scène du reniement est nécessairement plus grecque que la façon dont l'ont traitée les autres évangélistes : un cercle de gardes et de servantes, tous assis au milieu de la cour, entoure la flambée. Pierre cherche à s'intégrer dans cette ronde égalitaire qui fait songer aux scènes de l'*Iliade* et s'essaie à réchauffer son corps dans cette solidarité contiguë des hommes plutôt que dans la chaleur qui monte du brasier dans l'aube, avril, l'année 30 et la mort. Mais saint Luc va plus loin : il soude la scène du reniement et la scène des larmes. Il les entasse l'une sur l'autre comme deux sédiments dans une même couche géologique ou comme un court-circuit dans une installation électrique : *Kai parachrèma eti lalountos autou ephônèsen alektôr*. En latin : *Et continuo adhuc illo loquente cantavit gallus*. En français : « Et, au même instant, *comme il parlait encore*, un coq chanta. »

Dum loquimur... Le chant du coq est un « pavé » de Venise, un *expavanté* au sein de l'expérience sonore du langage, sur lequel Pierre trébuche comme sur son nom. Le chant rauque qui déclare l'aube le plonge à un tout autre niveau de lui-même : niveau Jésus, niveau Pierre, niveau d'avant Pierre (niveau Simon), niveau d'avant Simon. « Pas seulement ta face, ni les traits de ta face, ni ton corps te trahissent, a dit la servante, mais ton langage te trahit. » Le grec dit : Ta *lalia* te rend visible. Le latin dit : Ta *loquela* te manifeste. À l'intérieur du sonore qui le trahit, plus loin que le nom même qu'il trahit (Jésus), plus loin que le nom même qu'il a trahi (Simon), c'est la petite portion du sonore que cultive le langage qui renvoie soudain à l'immense aboi de la nature comme à la nappe plus étroite du chant animal sur lesquels le langage humain a prélevé son petit bâtiment de sons spécifiques. Le chant du coq, c'est en quelque sorte le brame devenu « tragique » et sédentaire des petites villes néolithiques où la langue a cessé d'être nomade et chasseresse.

Aux oreilles de la servante, c'est au *minimum* de trois façons que le langage trahit Pierre : par l'accent, par les marques morphologiques galiléennes, par l'altération de la voix due à la peur qu'éprouve Pierre devant le *tarabust* des questions qui lui sont posées par la servante. Ce *pavor* de Pierre ferré par le chant du coq forme la brusque secousse sonore qui ramène dans son filet un plus vieux poisson sonore que le pêcheur lui-même, un visage qui est toujours plus vieux que la lumière, et les conjoint aux larmes.

*

Tout visage d'enfant est plus vieux que la lumière qui l'éclaire. Ce sont les larmes des naissants.

*

90

J'ajoute une correction de saint Jérôme.

Le texte de Marc est singulier : « Et aussitôt, pour la seconde fois *(ek deuterou)* un coq chanta. Et Pierre *(Petros)* se souvint du mot que lui avait dit Jésus *(Ièsous)* : "Avant que le coq chante deux fois *(dis)*, tu m'auras trahi trois fois *(tris)*." Et il éclata en sanglots. »

Jérôme remania le texte de Marc. Il l'unifia à partir des leçons des autres évangiles. Jérôme à la fin du IVe siècle (fasciné par la culture romaine classique au point qu'il confessa comme un péché mortel qu'il lui arrivait de rêver la nuit qu'il était en train de lire avec plaisir les anciens livres païens) est aussitôt sensible à ces paliers par trois dignes des contes et les corrige en traduisant.

*

1. La correction de Jérôme est tout à fait justifiée. Saint Marc a raté le premier chant qui prépare l'émotion. Un musicien, un romancier ne l'eussent pas omis, pour l'effet pathétique que ce premier appel paraît héler dans l'espace du texte, sans qu'il soit entendu encore par le héros.

2. La correction de Jérôme n'est pas du tout justifiée. Il y a dans ce chant déjà répété, et qui n'apparaît pour la première fois qu'à la seconde, qui produit une triple trahison, une profondeur qui émeut et que je ne m'explique pas d'une façon claire. (Pour tout ce que j'éprouve, j'ai un incroyable esprit d'escalier. C'est le seul don que les *fata* m'aient délivré. Certaines émotions m'arrivent avec plusieurs heures de retard, un an de retard, deux ans, sept ans, vingt ans, trente ans de retard. La blessure que reçut Ulysse au genou, lors de la chasse au sanglier avec les fils d'Autolykos, quand le temps est humide, je commence seulement à en souffrir.)

*

Les textes des différents *Évangiles* ne datent pas du Ier siècle après Jésus-Christ. Mais à même époque historique, encore que ce fût sous le règne de Néron, le chevalier Pétrone a écrit une autre scène qui concerne le chant du coq. Il n'est pas impossible que les premiers rédacteurs des *Évangiles*, ou ceux qui les récrivirent et les ajustèrent, s'en soient souvenus. Cette page, due au génie totalement littéraire de Gaius Petronius Arbiter, quelques semaines avant qu'il se donnât la mort, constitue le fragment LXXIII du *Satiricon*. C'est le banquet de Trimalchio. La nuit est très avancée. Trimalchio ordonne un nouveau banquet afin d'atteindre heureusement le jour. Il ajoute que ce banquet sera consacré à la fête de la première barbe d'un de ses petits amants esclaves.

Haec dicente eo gallus gallinaceus cantavit. Qua voce confusus Trimalchio... « Comme il disait ces mots, un coq chanta... » Trimalchio est aussitôt bouleversé par ce chant, *confusus*. La scène est alors extrêmement rapide : 1. Trimalchio ordonne de faire une libation de vin sur la table. 2. Trimalchio fait arroser la lampe à huile pour écarter le risque d'incendie. 3. Trimalchio passe son anneau de la main gauche à la main droite. 4. Trimalchio déclare : *Non sine causa hic bucinus signum dedit...* « Ce n'est pas sans raison que cette trompette a fait sonner son signe. Un incendie quelque part a lieu. Un homme rend l'âme dans le voisinage. Loin de nous ! Loin de nous ! Quiconque m'apportera le prophète de malheur aura sa récompense. » 5. À peine a-t-il parlé (plus vite que la parole, *dicto citius*) on apporte le coq. 6. Trimalchio ordonne qu'on le sacrifie illico (on le passe à la casserole). 7. Le coq est mangé, le sacrifice est consommé, le signe englouti et le sort conjuré (Trimalchio a mangé la voix sinistre).

Ces deux scènes romanesques associant l'action au chant d'un coq de basse-cour forment d'étranges miroirs. Ces reflets de miroirs, cet écho de Rome à Jérusalem, ce petit diptyque entre Trimalchio dans son palais et Petrus dans la cour d'Anne, cette symétrie est d'autant plus fascinante qu'une imagination un peu érudite, transportant de façon malaisée ce banquet sous le règne de Tibère, pourrait s'ingénier à la fonder historiquement. On peut conjecturer que c'est la même année. On peut avancer que c'est le même jour. On peut supposer que c'est la même heure. On peut peut-être dire que c'est le même coq.

*

Rainer Maria Rilke a écrit que les souvenirs ne deviennent réellement des souvenirs que quand ils quittent l'espace de la tête

et s'éloignent des images qui les ont méta-
morphosés comme de l'aspect des mots qui
s'attachent à les maintenir à distance. Que
le commencement d'un souvenir coïncidait
avec l'effort fait pour l'oublier, par l'effort
de l'enfouir. Alors le souvenir trouvait la
force de revenir en nous, ruisselant encore
de l'eau du fleuve de l'oubli, sans mots, sans
rêves, sans icônes, sous forme de gestes, de
manies, de mouvements sordides, de basse-
cour, de plat cuisiné, d'envies de vomir soudain, d'évanouissements, de tarabusts et de
terreurs inexplicables. Perdant le nom et le
sens, il se lève comme dans Pierre les larmes
au troisième chant du coq, au début du
mois d'avril, dans l'aube, se tenant brusquement loin de l'atrium et du brasero, dans
l'angle de la porte de la maison du beau-
père de Caïphe. Le vrai souvenir de Pierre,
c'est l'eau salée du sanglot, le dos secoué,
le froid du jour qui surgit, le nez humide
qui renifle. C'est le museau d'un poisson
dans l'air atmosphérique. La «cène» de
cette «roche» du second nom, ce sont l'eau
et le sel. Le repas de saint Pierre, pour
l'opposer au banquet de Trimalchio, ce sont
les larmes. Dans Augustin, telle est la vision

béatifique : «Je mange jour et nuit le pain de mes larmes» *(Enarratio in Psalmum CIII)*. Pierre a ajouté à jamais l'aube aux larmes. La Tour montre curieusement : le sarment en braise, un coq replet. Georges de La Tour est plus près de Trimalchio. Dans La Tour, le corps de saint Pierre est curieusement, non pas dressé, d'homme fait, voyant de haut la servante, la fuyant, mais de vieillard, accroupi, écrasé, à taille d'enfant, les genoux au menton, comme les morts que les hommes de l'époque paléolithique liaient avec des nerfs de renne, sous la forme ramassée des fœtus, dans l'espoir d'une seconde naissance dans l'ombre de la peau de la bête totémique.

*

Les larmes de saint Pierre, quelque effort que je fasse pour mettre sous les yeux une **scène** plus romaine, je ne puis me la figurer que dans le style baroque, sous Henri IV ou sous Louis XIII. C'est une cour du Louvre l'hiver, grise, ou une cour pluvieuse dans Rouen. Ou une cour humide et glaciale dans le Lunéville de La Tour.

En 1624 Georges de La Tour vendit 650 francs des larmes de saint Pierre. Le musée de Cleveland conserve des larmes de saint Pierre qui datent de 1645. Le coq qui a l'œil rond des dieux mésopotamiens et le vieux sarment qui entourent l'apôtre martyr forment les très rares représentations de la nature que La Tour consentit à peindre (on ne compte pas au nombre des représentations de la nature les êtres humains. Les coqs qui chantent et les sarments de vigne qui brûlent entrent dans la rubrique des natures mortes). À la fin du siècle précédent, dans les *Larmes de sainct Pierre* de Malherbe, la langue a abandonné la parole nocturne. Si la honte naît avec ce crépuscule de la nuit qu'est toute aube, alors c'est le silence qui vient avec le jour :

Le jour est desja grand et la honte plus claire
De l'apostre ennuyé l'avertit de se taire.
Sa parole se lasse et le quitte au besoin.
Il voit de tous costez qu'il n'est veu de personne.
Toutesfois le remors que son ame luy donne
Tesmoigne assez le mal qui n'a point de témoin.

*

Abandonner ce qui abandonne. Abandonner ceux qui abandonnent. La honte pudique, la honte crépusculaire dans la souffrance de l'amour, la honte qui précède l'étreinte dans la nuit, la honte qui préfère l'ombre et le remords, les reliques, les chants, les larmes, l'étoffe de crêpe, le voile, la couleur noire — on nommait autrefois ce mouvement le deuil. Le mot français de deuil vient du latin douleur. Le *dolor* latin vient d'être battu. Avoir la migraine se disait avec beaucoup de force, chez les anciens Romains, *caput mihi dolet* (la tête me bat). C'est le battement de sang ; le pouls est la battue de la musique. Battement qui définit le *tarabust*, puisqu'il précède la pulmonation. La migraine, c'est le tambourinement songeur d'une petite expression ou d'un petit souvenir qui se met à tarabuster le souffle (la *psychè*) de celui qui se met à respirer de ce fait de plus en plus mal. Il faut chercher le nom de la victime dont la peau s'est tendue sur ce petit tambour psychique pour que cette constriction propre au crâne ait enfin le moyen de se détendre. Car le fond du tarabust, la lie de l'amphore, c'est l'engorgement, avant même l'asphyxie. C'est la mort, la mort inendeuillée, les vœux de mort nocturnes irrépressibles chez les hommes. Ce qui revient sous forme de migraines revient encore sous forme de cauchemars. Les morts nous trahissent, en nous abandonnant, et nous ne cessons de trahir les morts, en vivant. Nous en voulons aux morts non seulement de leur mort, mais de la mort, dont ils sont la preuve jusqu'à la douleur du sang en nous qui bat pour deux. «Pourquoi m'as-tu abandonné?» *Deus meus, Deus meus, ut quid dereliquisti me?* Même les dieux crient ce cri vers la mort. La *derelictio*, l'abandon, tel est le «cri de deuil», le *dolor*. Ce cri est plus ancien que le premier siècle de notre ère et plus ancien que le vendredi 7 du mois d'avril 30. Tel est le cri que pousse aussi saint Pierre, après que l'a émis Jésus, quand il ressent son propre reniement sous le porche de l'atrium du beau-père de Caïphe à Jérusalem. Il vient d'abandonner celui qui vient de l'abandonner. Un chant de basse-cour, un chant de prime enfance, un chant qui vient de plus loin que la connaissance de ce qui dévoue à la mort, un chant qui vient de plus loin que l'acquisition du langage, un chant relique, un chant archaïque qui est distance dans le temps devenue sensible sous l'espèce d'un son rauque, aube logée dans le gosier d'un volatile lui-même étrangement anachronique :

> *Il a la voix perçante et rude ;*
> *Sur la tête un morceau de chair ;*
> *Une sorte de bras dont il s'élève en l'air…*

Par ce son, c'est Simon qui frémit sous la pierre de son second nom, qui tremble sous la carapace rocheuse, qui sanglote dans le porche de pierre. Ce n'est pas seulement Dieu qu'il a renié ; c'est lui-même qu'il a renié ; c'est lui-même qu'il a abandonné en abandonnant les filets de Capharnaüm, en délaissant la barque sur les rives du Jourdain ; ce sont à la fois le *horror* et le *daimôn* lui-même qui lui est conjoint, et qu'il a renié autrefois, qui sursautent tout à coup ensemble.

C'est lui-même qu'il a abandonné en abandonnant son nom.

Le chant du coq retentissant si curieusement dans l'oreille de Pierre, c'est cette pierre à laquelle l'a voué Dieu, c'est ce pavé sans cesse inégal qui date toujours d'avant la maîtrise linguistique chez les hommes, porche de la musique, seuil de la musique, et qui après coup prend la forme des larmes : quand les sons étaient pures pas-

sions, tragiques, étreignantes, décontenan-
çantes, affolantes passions. Aubes sonores, et
non signes linguistiques. L'originaire pathos
revient, la nuit sonore, l'oreille tendue dans
la nuit sonore, dans la forêt sonore, dans la
grotte nocturne où les hommes avançaient
avec les torches et les lampes emplies de
graisse lors de la mue de l'initiation, lors de
leur mort-et-renaissance au fond nocturne
de la terre. C'est le *terror* avant le corps lui-
même abandonné tout à coup dans les
rythmes et les cris, entre les jambes ouvertes
d'une mère, sur le rivage d'une cuisse, dans
un sable d'ordures, dans un lac d'urine, dans
l'air où ces sortes de poissons suffoquent
— dans une sorte de Capharnaüm sonore
qui va sans discontinuer jusqu'au vagisse-
ment ultime dans l'expiration de la mort.

*

Curieusement : la musique protège des
sons. Les premières œuvres de la musique
dite baroque étaient habitées par la volonté
de s'extirper de l'aboi du sonore à partir de
la modulation propre au langage humain et
à l'organisation de ses *affetti*. L'invention de

101

l'opéra résulta de cette volonté de renaissance affective, de mue ou de tri sonore, de sacrifice sonore. Je tiens la gamme diatonique fortement tonale du début du XVIIe siècle jusqu'à la première moitié du XVIIIe siècle, en Europe, pour une des plus belles choses qui furent, si brèves qu'elles aient été. D'une beauté absolue — si contingente qu'elle fût et aussitôt dénuée d'avenir. Je la mets au même rang que la *satura* romaine, l'invention en Grèce et à Rome du genre historique, le vin rouge de la région de Bordeaux, un filet de saint-pierre grillé, l'individualisme bourgeois, les tragédies de Guillaume Shakespeare.

*

On dit que saint Pierre vieillissant ne supportait plus les coqs. Même les grives domestiques, les petites cailles, les pigeons, les canards colverts et les merles qu'aucun homme n'apeure — tout ce qui pouvait chanter, dans la cour de son palais basilical de Rome, il le faisait mettre à mort. Cneius Mammeius rapporte qu'il demandait à Fuscia Caerellia qu'elle les étouffât dans un linge teint de baies de vaciet *(vaccinia)*. C'était avant qu'il fût incarcéré dans la prison Mamertime, c'est-à-dire avant que Sénèque le fils dût se suicider. Saint Pierre (Simo Petrus) vivait alors dans un vaste palais, assez délabré, à Rome, acquis au début des années 60. Il commençait à être un peu connu. Simo Petrus dînait avec Lucain, avec Sénèque, avec le jeune Espagnol Martial. On le vit aussi chez Quintilien, chez Valerius Flaccus, chez Pline. Cneius Mammeius dit qu'aux derniers moments de sa vie il ne supportait plus les enfants qui jouent et les chants des offices. Un jour, il fit chasser au fouet un groupe de patriciennes âgées, alors qu'elles venaient de se convertir au parti chrétien, parce qu'elles étaient demeurées à papoter dans la cour en poussant des grands cris aigus. Le palais était plongé dans le silence, les fenêtres aveuglées de tentures. Les portes de l'appartement intérieur supportaient, fixées à l'aide d'une poutre horizontale, plusieurs manteaux gaulois cousus entre eux pour amortir les sons. Fuscia Caerellia confectionnait des petits bouchons de laine qui pendaient jour et nuit des oreilles de saint Pierre.

Il se trouve que les oreilles n'ont pas de paupières

Tout son est l'invisible sous la forme du perceur d'enveloppes. Qu'il s'agisse de corps, de chambres, d'appartements, de châteaux, de cités remparées. Immatériel, il franchit toutes les barrières. Le son ignore la peau, ne sait pas ce qu'est une limite : il n'est ni interne, ni externe. Illimitant, il est inlocalisable. Il ne peut être touché : il est l'insaisissable. L'audition n'est pas comme la vision. Ce qui est vu peut être aboli par les paupières, peut être arrêté par la cloison ou la tenture, peut être rendu aussitôt inaccessible par la muraille. Ce qui est entendu ne connaît ni paupières, ni cloisons, ni tentures, ni murailles. Indélimitable, nul ne peut s'en protéger. Il n'y a pas de point de vue sonore. Il n'y a pas de terrasse, de fenêtre, de donjon, de citadelle, de point de vue panoramique pour le son. Il n'y a pas de sujet ni d'objet de l'audition. Le son s'engouffre. Il est le violeur. L'ouïe est la perception la plus archaïque au cours de l'histoire personnelle, avant même l'odeur, bien avant la vision, et s'allie à la nuit.

*

Il se trouve que l'infini de la passivité (la réception contrainte invisible) se fonde dans l'audition humaine. C'est ce que je ramasse sous la forme : Les oreilles n'ont pas de paupières.

*

Entendre, c'est être touché à distance.

Le rythme est lié à la vibration. C'est en quoi la musique rend involontairement intimes des corps juxtaposés.

*

Ouïr, c'est obéir. Écouter se dit en latin *obaudire*. *Obaudire* a dérivé en français sous la forme *obéir*. L'audition, l'*audientia*, est une *obaudientia*, est une obéissance.

*

Les sons que l'enfant entend ne naissent pas à l'instant de sa naissance. Longtemps avant qu'il puisse en être l'émetteur, il commence à obéir à la sonate maternelle ou du moins inconnaissable, préexistante, soprano, assourdie, chaude, enveloppante. Généalogiquement — à la limite de la généalogie de chaque homme — l'obéissance prolonge l'*attacca sexuelle* de l'étreinte qui l'a procréé.

La polyrythmie corporelle, cardiaque, puis hurlante et respiratoire, puis affamée et criante, puis motrice et gazouillante, puis linguistique est autant acquise qu'elle semble spontanée : ces rythmes sont plus mimétiques ou ces apprentissages plus contagieux qu'ils ne sont déclenchés volontairement. Le son ne s'émancipe jamais tout à fait d'un mouvement du corps qui le cause et qu'il amplifie. Jamais la musique ne se dissociera intégralement de la danse qu'elle anime rythmiquement. De la même façon l'audition du sonore ne se sépare jamais du coït sexuel, ni de la formation « obédiente » fœtale, ni du lien filial linguistique.

*

Il n'y a pas d'étanchéité de soi à l'égard du
sonore. Le son touche *illico* le corps comme
si le corps devant le son se présentait plus
que nu : dépourvu de peau. Oreilles, où est
votre prépuce ? Oreilles, où sont vos paupières ? Oreilles, où sont la porte, les persiennes, la membrane ou le toit ?

Avant la naissance, jusqu'à l'ultime instant de la mort, les hommes et les femmes
ouïssent sans un instant de cesse.

Il n'y a pas de sommeil pour l'audition.
C'est pourquoi les instruments qui réveillent
le dormeur font appel à l'oreille. S'absenter
de l'environ n'est pas possible pour l'ouïe. Il
n'y a pas de paysage sonore parce que le paysage suppose l'écart devant le visible. Il n'y a
pas d'écart devant le sonore.

Le sonore est le pays qui ne se contemple
pas. Le pays sans paysage.

*

L'ouïe, lors de l'endormissement, est le
dernier sens qui capitule devant la passivité
sans conscience qui vient.

*

La musique ne s'envisage ni ne se dévisage.

La musique transporte aussitôt dans le transport physique de sa cadence celui qui l'exécute comme celui qui la subit.

*

L'auditeur en langage est un interlocuteur : l'égophorie met à sa disposition le *je* et la possibilité ouverte de répondre à tout instant. L'auditeur en musique n'est pas un interlocuteur.

Il est une proie qui s'abandonne au piège.

*

L'expérience sonore est toujours autre que personnelle : à la fois pré-interne et pré-externe, en transe, transportante, c'est-à-dire à la fois paniquée et kinesthésique, saisissant tous les membres, saisissant le pouls cardiaque et le rythme respiratoire, ni passive ni active ; elle altère ; elle est toujours imitative. Il n'y a qu'une seule et très étrange et spécifique métamorphose humaine : l'acquisition de la langue « maternelle ».

C'est l'*obéissance* humaine.

L'épreuve de la musique est profondément involontaire.

C'est simultanément que la voix est produite et entendue.

*

L'objet intangible, inflairable, inattingible, invisible, asème, inexistant de la musique.

La musique est encore plus néant que la mort qu'elle appelle dans la convocation panique des sirènes.

*

L'oreille est le seul sens où l'œil ne voit pas.

*

Il n'y a rien dans le sonore qui nous renvoie de nous-mêmes une image localisable, symétrique, inversée, comme le fait le miroir. En latin, le reflet se dit *repercussio*. L'image est une poupée localisable. Un mannequin ou une *terrificatio*. L'écho n'est pas une poupée sonore, n'est pas une effigie. L'écho n'est pas exactement un *objectus*, n'est pas un reflet jeté au-devant de l'homme : il est une réflexion sonore dont celui qui l'entend n'approche pas sans en détruire l'effet.

Il n'y a pas de miroir sonore dans lequel l'émetteur se contemple. La bête, l'ancêtre, Dieu, l'invisible sonore, la voix de la mère préparturiente aussitôt y parlent. Grottes puis cités des morts mégalithiques puis temples : tous se déploient à partir du phénomène de l'écho. Là où la source sonore est inattribuable. Là où le visible et l'audible se trouvent désaccordés. Comme entre l'éclair et le tonnerre. Les premiers professionnels du désaccord entre l'ouïe et la vue forment le couple chamanique.

Le linguiste et le porte-oiseau.

*

En mourant Narcisse plonge à l'intérieur du reflet de lui-même qu'il voit. Il rompt la distance que la vision permet et qui sépare le visible de la vision. Il s'enfonce dans l'image localisable au point d'en faire son tombeau. Le fleuve est sa mère qui s'avance.

Écho mourante se désintègre ; elle s'éparpille sur les roches où son corps rebondit de paroi en paroi. Écho ne se concentre pas dans la mort : elle devient toute la montagne et n'est nulle part dans la montagne.

*

L'inconsistance et la non-délimitation sont des attributs divins. La nature des sons est d'être invisible, sans contours précis, en puissance de s'adresser à ce qui est invisible, ou de se faire messager auprès de l'indélimitable.

L'audition est la seule expérience sensible de l'ubiquité.

C'est pourquoi les dieux finissent comme des verbes.

Ce sont des voix qui viennent de nulle part.

*

Le chamanisme, c'est la chasse aux âmes qui sautent d'animal en animal dans la double immensité des mondes visible et nocturne, c'est-à-dire réel et onirique. Cette chasse est un voyage dont il faut revenir. C'est la culpabilité paléolithique : être capable de ramener la proie qui s'est faite le prédateur de son prédateur.

Un bon chaman est un ventriloque. L'animal pénètre celui qui le hèle dans son cri. Le dieu entre dans le prêtre. C'est l'animal qui chevauche, c'est l'esprit qui met en transe celui qu'il possède. Le chaman se bat avec lui. Il devient la proie du chaman. Le chaman devient boîte-à-dieu. Il n'imite pas le sanglier : c'est le sanglier qui grogne en lui; c'est le bouquetin qui bondit en lui; c'est le bison qui talonne le piétinement de sa danse. Le bon sorcier est ce ventre qui a mangé et dans lequel l'animal qu'il est coupable d'avoir tué et mangé parle. La grotte de même est marquée par la ventriloquie : c'est l'écho de la bouche qui a avalé l'initié-aux-bêtes dans le ventre de la terre.

Dans Jonas.

*

Ventriloquie bestiale, mimes dansés précèdent la domestication : le maître des animaux est pré-domesticateur. La première spécialisation du chasseur fut le chaman : ce chasseur dont la spécialité est la chasse aux souffles, aux voix, aux visions, aux esprits. Cette spécialisation fut infiniment lente et progressive : le pouvoir sur le langage des animaux, puis le pouvoir sur l'initiation des jeunes chasseurs au langage des animaux, puis le pouvoir sur la mort et la renaissance, puis le pouvoir sur la maladie et sur la guérison. Le chaman peut aller chercher n'importe quel souffle dans ses voyages pour le faire revenir et le faire tomber au milieu du groupe au terme de la transe musicale.

*

Il se trouve que la ventriloquie, la glossolalie, le fait de parler les langues des animaux, le fait de simplement parler « en langues », ne caractérisent qu'un membre du couple chamanique. Georges Charachidzé rapporte que les Géorgiens du Caucase nomment celui qui parle dans la transe le « linguiste », tandis qu'ils appellent celui dont la possession est visuelle le « porte-étendard ».

Le linguiste dans la transe énonce sans le

comprendre ni le traduire ce que les esprits des bêtes, des hommes, des éléments et des plantes prononcent par sa bouche. Le porte-étendard voit ces esprits sous forme d'oiseaux ou d'apparitions mais ne les entend pas. Il reste assis à l'écart. Il semble converser en silence avec les oiseaux qui se perchent sur son porte-étendard — sans que nul ne les voie y poser leurs pattes — et qui lui décrivent en images ce qu'ils ont vu dans leurs voyages.

Le couple chamanique oppose le linguiste et le porte-étendard. C'est une chasse croisée, un chassé-croisé plus qu'un couple. C'est le conte russe *Oreille fine et Vue perçante.* C'est le chanteur et le voyant. C'est l'oracle opposé au devin.

C'est le tonnerre et l'éclair.

C'est l'oreille et l'œil.

L'oreille possédée qui transmet à la bouche qui répète est un corps à corps verbal avec l'au-delà de la langue, ou avec l'autre de la langue, ou avec la totalité des langages qui ont précédé la langue : « Du temps que les bêtes parlaient. »

L'œil foudroyé est un voyage dans le monde nocturne des apparitions des rêves, des images peintes des grottes, des morts resurgissants.

*

À chaque fois l'expérience de l'orage est abyssale. À chaque fois le corps frémit, le cœur tremble, dans l'intervalle entre l'éclair et le tonnerre.

La désynchronisation de l'œil et de l'oreille.

Ce qui attire la pluie est double.

La perception de l'éclair, dans la nuit de la nuée grosse de pluie, et l'audition effrayante du tonnerre sont indépendantes l'une de l'autre, provoquent l'attente, l'appréhension, le décompte du temps intervallaire.

Et finalement la pluie tombe sur la terre comme un chaman.

*

Le cri déchirant, tel est l'appel abyssal.

L'appel abyssal a deux organes : sonore et visible, auxquels il faut ajouter la naissance, l'accouplement et la mort.

Nous vivons dans l'urgence pathétique

temporelle. Temporelle veut dire continûment originaire.

Continûment obéissante.

Les anciens Grecs prétendaient que les
dieux donnent des organes aux hommes
pour répondre à l'appel de l'abîme du promontoire ou de la grotte-source. Pindare dit
dans la XIIe *Pythique* : Athéna offrit l'*aulos* aux
hommes pour répandre leur lamentation.

Le Cusan disait d'une façon semblable :
« La *passio* précède la connaissance. Les
larmes précèdent l'ontologie : les pleurs
pleurent l'ignoré. »

De quoi la musique est-elle l'instrument ?

Quelle est l'intonation originaire de la
musique ? Pourquoi y a-t-il des instruments
de musique ? Pourquoi les mythes sont-ils
attentifs à leur naissance ?

Pourquoi y eut-il des auditions humaines
1. collectives, 2. circulaires ou quasi circulaires ? En langue grecque le cercle magique
se dit *orchestra*. Le cercle auditif ou la ronde
dansée configurent dans l'espace ce que *in
illo tempore* inscrit dans l'ordre du temps.

*

Un curieux calcul présent dans les textes védiques estime que la parole des hommes additionnée à la parole des dieux ne représente qu'un quart de la parole totale.

D'une même façon les *Vedas* affirment que le grincement d'une roue du char qui transporte le *soma* à l'instant où il pénètre sur le terrain sacrificiel est une parole plus importante que la sentence la plus profonde du plus clairvoyant des sages.

La parole non verbale est plus grande en extension et en vérité que la parole articulée.

Sauf dans le cas où cette dernière se densifie extrêmement et se rétracte finalement sous la forme d'un souffle parce que, dans ce cas, le sacrifice a atteint le verbal lui-même et l'a désarticulé comme une victime.

*

La musique a une fonction précise dans le chamanisme et ne concerne que le linguiste : c'est le cri déclencheur de la transe, comme la respiration est déclenchée à la naissance dans le cri. À Célèbes, le chaman est appelé Gong ou Tambour, puisque c'est le gong ou le tambour qui font éclore les paroles transies (la raucité animale des voix des esprits qui envahissent tout à coup le corps de leur prophète).

*

Ni interne ni externe, nul ne peut distinguer clairement dans ce que déploie la musique ce qui est subjectif et ce qui est objectif, ce qui appartient à l'audition et ce qui appartient à la production du son. Une inquiétude propre à toute enfance consiste à repérer dans les bruits passionnants et vite honteux du corps ce qui naît de soi et ce qui appartient à l'autre.

*

Le sonore ne délimitant rien a moins individualisé les oreilles qu'il ne les a vouées à l'agroupement. Cela s'appelle : tirer par l'oreille. Hymnes nationaux, fanfares municipales, cantiques religieux, chants familiaux identifient les groupes, associent les natifs, assujettissent les sujets.

Les obéissants.

Indélimitable et invisible, la musique paraît être la voix de tous. Il n'est peut-être pas de musique qui ne soit agroupante parce qu'il n'y a pas de musique qui ne mobilise sur-le-champ souffle et sang. Âme (animation pulmonaire) et cœur. Pourquoi les modernes écoutent-ils de plus en plus la musique en concert, dans des salles de plus en plus vastes, en dépit des possibilités toutes récentes de la diffusion et de la réception privées ?

*

Même la musique la plus raffinée, chinoise, résolument solitaire, présente dans ses légendes les plus radicales l'idée de groupe : au minimum la rencontre de deux amis indéfectibles. Un couple.

*

Ce conte figure dans le *Lü shi Chunqiu* : le lettré Yu Boya était un prodigieux joueur de *qin* mais il se trouva que seul un pauvre bûcheron, Zhong Ziqi, était capable de comprendre les sentiments que ses compositions et son jeu exprimaient.

Il venait le rejoindre dans la forêt. Le bûcheron se repérait au son de la cithare de son ami parmi les branches et l'ombre.

Lorsque Zhong Ziqi mourut, Yu Boya brisa son *qin* parce qu'il n'y avait plus d'oreilles pour son chant.

*

Dans le *Rêve dans le pavillon rouge* de Cao Xueqin, Sœur Lin avoue à Frère Jade qu'elle a appris autrefois à jouer de la cithare horizontale. Hélas, elle a cessé. Le dicton dit : « Trois jours sans toucher les cordes, au bout des doigts poussent des ronces. » Elle explique alors à Frère Jade quelle est la nature profonde de la musique. Le maître de musique Kuang en jouant de la cithare horizontale à sept cordes suscitait les vents et les tonnerres et évoquait les dragons et les seize grues noires qui avaient chacune deux mille ans d'âge. Mais les buts de la musique se ramènent à un seul : attirer l'autre. C'est Yu Boya attirant Zhong

Ziqi dans la forêt. La musique, pour héler l'autre, entraîne des tabous : « Le nom de la cithare horizontale à sept cordes *(qin)* se prononce comme un des mots qui désignent génériquement les tabous. D'après les institutions des Anciens, c'est originellement l'instrument dont on use pour entretenir l'essence énergique qui est propre à la vie. » Pour jouer de cet instrument, il importait de choisir soit un cabinet isolé sur une terrasse élevée ou au haut d'un pavillon à étages, soit un lieu retiré dans un bois, au sommet d'une montagne, ou au bord d'une vaste étendue d'eau. Toute musique devait être jouée dans la nuit. Il fallait savoir profiter d'une heure nocturne où le ciel et la terre soient en parfaite harmonie, le vent pur, la lune claire, s'asseoir, se tenir les jambes croisées, le cœur libre de toute oppression, le pouls calme et lent. C'est pourquoi les anciens Chinois reconnaissaient qu'il arrivait très rarement de rencontrer un être qui sût vraiment comprendre les accents de la musique. À défaut d'auditeurs initiés à ces connaissances, ils disaient qu'il valait mieux ne se donner le plaisir de la musique qu'en présence des singes des bois et des cigognes âgées. Il fallait se coiffer selon la manière secrète et se vêtir selon la règle afin de ne pas démériter de l'instrument ancien.

Il fallait attendre que le désir de jouer devînt irrépressible.

À ce moment, le musicien se purifiait les mains, allumait les baguettes odorantes, se saisissait de la cithare, la plaçait sur la table rectangulaire, le cœur faisant exactement face à la cinquième marque de la table de résonance.

Tout d'abord, avec déférence, l'interprète se souvenait en silence de l'air. Il regardait la lune. Puis il tournait son regard vers la nuit.

Alors la musique pouvait monter du cœur de l'instrument tandis que les doigts du musicien couraient et dansaient.

*

Le quatuor à cordes européen.

Quatre hommes en noir, avec des nœuds papillons autour du cou, s'échinent sur des arcs en bois, avec des crins de cheval, sur des boyaux de mouton.

*

La musique est le salaire que l'homme doit au temps.

Plus précisément : à l'intervalle mort qui fait les rythmes.

Les salles de concert sont des grottes invétérées dont le dieu est le temps.

*

Pourquoi l'ouïe est-elle la porte de ce qui n'est pas de ce monde ? Pourquoi l'univers acoustique a-t-il dès l'origine consisté dans l'accès privilégié à l'autre monde ? L'être est-il plus lié au temps qu'à l'espace ? Est-il plus lié à la langue, à la musique, à la nuit qu'aux choses visibles et colorées que le soleil donne à voir chaque jour ? Le temps est-il le fleurissement propre à l'être et l'obéir sa fleur obscure ? Le temps est-il le tir de l'être ? La musique, le langage, la nuit et le silence ses flèches ? La mort sa cible ?

*

Pour les oreilles, c'est la signification du langage (les *noèmata*, les pensées, les fantômes qu'excite la voix) qui fait retour dans l'âme et non la substance de la parole. Ce retour est donc un silence auquel abandonne la parole qui se défait de sa chair. L'écoute linguistique est un silence où se détruit la parole, laquelle se consume sous forme de pensée.

Par la cuisson de l'audition, le langage, qui est la voix de la chose absente, se transforme lui-même en chose absente — en fantôme insaisissable qui surgit à partir de la parole dès l'instant où son enveloppe matérielle elle-même disparaît. Ce n'est plus un signe du langage mais une sensation cognitive. Tel est le sacrifice propre à la *noèsis*, qui dérive du sacrifice (au cours duquel la bête est abattue et découpée pour donner sa puissance, dans le même temps où son découpage et sa répartition organisent et hiérarchisent le fait social). Du moins, dans l'audition linguistique, le langage s'étire et se défait de sa bande sonore physique dont le domaine d'application est intégralement collectif pour devenir bande sonore silencieuse et intérieure à chaque âme qu'elle anime.

Parce que le langage signifie.

La signification que porte le langage asème (la musique) n'est que son fait lui-même, c'est-à-dire sa convocation immédiate du sang et du souffle à elle-même.

Dans ce sens, l'obéissance linguistique peut devenir individuelle et la pensée qui en résulte est un arrachement au sonore.

La pensée peut devenir une réflexion muette.

*

Se taire, c'est d'abord s'arracher à la surdité dans laquelle nous sommes à l'égard du langage en nous et dans laquelle le locuteur est tout entier immergé dans le *circulus* social, rythmique, rituel. Le langage ne s'entend jamais en parlant : il se produit en devançant son écoute. Le locuteur reste bouche ouverte dans l'ouverture de sa perte exsufflée et la fuite en avant sonore de la poupée ou du fétiche de son propos.

L'auditeur reste bouche fermée : il ouvre ses oreilles.

Dans la parole du locuteur, le langage se fascine lui-même, parle presque tout seul, dans tous les cas s'entend peu. C'est la méditation de Kleist intitulée *Monolog*. C'est le récit de Des Forêts intitulé *Le Bavard*. Dans la locution, il est son propre mirage. Parler est une confusion extériorisée irrattrapable. Le langage pense le locuteur et sa pensée.

L'auditeur ouït.

Il n'y a pas d'écoute profonde sans destruction de celui qui parle : il sombre devant ce qui est communiqué, qui se déplace en surgissant de lui par la parole et enfin fait retour dans l'auditeur d'une part en raison de l'effacement de la source sonore dans l'air et d'autre part grâce à ce taisir-ressaisir de ce qui est dit qui se consume à l'intérieur de soi.

Alors celui qui écoute cesse d'être le même homme et se désordonne véritablement en pensée.

Je parle d'une vraie écoute. C'est-à-dire de l'*obaudientia* d'une vraie *audientia*.

De vraies écoutes, je crois qu'il n'y en a que deux que connaissent les hommes : 1. la lecture des romans, car la lecture d'un essai ne suspend ni l'identité ni la méfiance, 2. la musique savante, c'est-à-dire les *melos* composés par ceux qui sont passés par l'initiation du langage individuel silencieux. Ce sont deux formes d'audition dont la disponibilité

silencieuse se met en posture d'être totalement mais aussi individuellement affectée.
L'énonciation disparaît, la réception vacille
et se fond à la source, le trouble naît et la
perte d'identité en témoigne.

*

Quand on lit les fragments du moine
Kenkô, quand on lit le Chateaubriand de la
Vie de Rancé, on ne polémique plus ; l'âme est
conquise ; une passivité naît dans le silence ; ce
qui est dit sur la figure ou sur le thème ou sur
l'époque sont comme des attributs de mythe
ou de roman ; on lit de la beauté ; on oublie
l'argument et on ne recherche que le trouble
psychique, que l'*aisthèsis* noétique et non plus
la connaissance sémantique, thématique, noé-
matique, visuelle, contemplative.

*

Hérodote a écrit que les femmes abandon-
naient leur honte en même temps qu'elles se
défaisaient de leur robe. Éros se saisissait
d'elles avant que leurs époux aient fait le premier pas qui conduirait à les étreindre. Les

auditeurs abandonnent l'identité en même temps que l'oralité : ils font silence. Pour celui qui lit un roman comme pour celui qui écoute de la musique, la terre où ils posent les pieds est un faire-silence. L'immersion du plongeur bouche close dans la mer du silence.

*

Mais les pavillons des oreilles ne se retournent pas sur eux-mêmes pour interrompre l'audition à l'instar des paupières qui se baissent pour suspendre la vue et qu'il est possible de relever pour la rétablir.

Plutarque écrit : « On dit que la *physis*, nous dotant de deux oreilles et d'une langue, conçut de nous obliger à moins parler et à mieux entendre. »

La *physis* « entendit » le silence avant de faire, de bêtes, quelques hommes.

Nous avons une oreille de plus que la bouche n'a de langue.

Plutarque a écrit enfin, de façon mystérieuse, que les oreilles sont comparables à des vases ébréchés.

*

Celui qui écrit est ce mystère : un locuteur qui écoute.

*

Écriture qui obéit.

Obéissante : car se soumettant à un corps imprévisible et inexorable.

Le possédé du langage définit exactement le chaman en proie à la proie.

*

Plutarque rapporte que Denys, étant au théâtre, fut enchanté par le jeu virtuose d'un citharède. Quand ce dernier eut interprété son morceau, le tyran de Syracuse s'approcha vers lui et lui promit de l'or, des vêtements, des poteries somptueuses.

Le lendemain, le citharède vint trouver Denys dans son palais. Il fut reçu dans la salle d'audience. Le citharède salua et attendit que le tyran lui fît signe. Mais Denys attendit. Quand le citharède se décida à parler, avec modestie il réclama au prince les présents que ce dernier lui avait promis la veille à la suite de l'audition qu'il avait donnée.

Le tyran se leva de son trône d'or et regarda le musicien en souriant. Il murmura qu'il l'avait déjà payé de retour. Puis il détourna son regard des deux yeux du citharède. Denys s'arrêta sur le pavement. Il ajouta sans se retourner :

« Car autant tu m'as donné du bonheur par tes chants, autant je t'en ai donné avec des espérances. »

*

Vico dit que l'homme fut une bête tirée de sa stupeur par la foudre. Le premier signe visuel est l'éclair. Le premier signe sonore est le tonnerre. Telle est selon Vico l'origine du langage. Feu de foudre et grondement sont les premiers *theologia*. Les forêts cachant les signes et dissimulant les sources sonores, la clairière à Rome est dite *lucus* : l'œil. La grotte est dite : l'oreille. La *Science neuve* évoque les cités humaines redevenant forêts : les paupières du *lucus* se referment.

*

Lorsque tombe la nuit il y a un moment de silence. Ce moment survient après que les oiseaux se sont tus, et il s'étend jusqu'à ce que les grenouilles commencent à émettre leur chant. Les rainettes aiment minuit, de la même façon que les coqs et la plupart des oiseaux aiment édifier leur territoire sonore dans la lumière qui se lève.

Quoique la lumière ne « se » lève pas : la lumière « lève » le visible sur terre et l'entoure du ciel.

*

L'instant de la plus grande décroissance sonore n'est pas nocturne, mais crépusculaire. C'est le minimum auditif.

Pan est l'étrange fracas du silence méridien. Le dieu des chalumeaux se tait au centre du jour, c'est-à-dire au maximum optique.

Telles sont les données de ce monde.

Le crépuscule est le « point zéro sonore » dans l'ordre de la nature. À vrai dire, ce n'est guère un point zéro, ce n'est point le silence, mais le minimum sonore propre à la nature. L'humanité ne cesse d'obéir. Pour l'ontologie, le minimum du son se définit par la frontière entre le pépiement et le coassement. C'est l'heure du silence. Le silence ne définit en rien la carence sonore : il définit l'état où l'oreille est le plus en alerte. L'humanité n'est en rien à la source de l'éploiement du sonore et du taciturne, pas plus qu'elle n'est à l'origine du lumineux et du sombre. L'état où l'oreille est le plus en alerte est le seuil de la nuit.

C'est l'heure que je préfère. C'est l'heure où, parmi toutes les heures où j'aime être seul, je préfère être seul. C'est l'heure où je voudrais mourir.

Sur ma mort

Pas de musique avant, pendant, après l'incinération.

Pas même une cigale suspendue dans une cage.

Si dans l'assistance quelqu'un pleure ou vient à se moucher, tous en ressentiront de la gêne et cette gêne sera d'autant plus grande que la musique ne la dissimulera pas. Je m'excuse auprès de ceux qui resteront de l'embarras où je les aurai mis mais je préfère encore cette gêne à la musique.

Aucun *tarabustis*.

Aucun rite ne sera observé. Aucun chant ne s'élèvera. Aucune parole ne sera prononcée. Pas de reproduction électrifiée de quoi que ce soit ni de qui que ce soit. Pas d'embrassades, de coqs égorgés, de religion, de morale. Même pas les gestes qui sont de convention. On m'aura dit adieu si on s'est tu.

IVᵉ TRAITÉ

Au sujet des liens du son
et de la nuit

Il arrive qu'on doute de l'audience sombre. Il arrive que les chimères d'un monde amniotique, aquatique, assourdi, éloigné nous paraissent des données litigieuses. Il arrive aussi que nous ayons l'impression vivante de nous en souvenir. Mais la remémoration est une narration, comme le récit qui rapporte le rêve : cette narration ou ce récit apportent tellement avec eux que nous sommes fondés à nous défier de nous-mêmes. Nous ne sommes qu'un conflit de récits endossé par un nom.

Peut-on trouver une preuve, dans l'histoire, qui vienne témoigner de ce tourment de l'audience obscure et qui soit dans le même temps franche de toute présupposition ?

Cette preuve existe.

Elle est dénuée de sens; elle est la plus étrange des preuves, la plus incompréhensible dans son étendue et elle se situe précisément à la source temporelle de la spécification de l'espèce dans la lente désynchronisation qui eut lieu au cours de la préhistoire.

*

On date de – 20 000 le millénaire où, munis de ces lampes peu productrices de fumée et confectionnées à partir de la graisse des proies mises à mort et raclées avant d'en préparer les peaux, les hommes pénétrèrent dans les lieux complètement enténébrés disposés dans le flanc des falaises et les cavernes des montagnes. Se secourant de ces lampes, ils ornèrent à l'aide de grandes images animales, monochromes ou bicolores, de vastes salles vouées jusque-là à la nuit perpétuelle.

*

Pourquoi la naissance de l'art se trouvat-elle liée à une expédition souterraine?

Pourquoi l'art fut-il et demeure-t-il une *sombre* aventure ?

L'art visuel (du moins l'art visible à l'aide d'une lampe à graisse tremblotante dans l'obscurité) présentait-il un lien avec les rêves, qui sont eux aussi des *visiones nocturnae* ?

Vingt et un mille ans s'écoulèrent : à la fin du XIXe siècle l'humanité vint en foule s'ensevelir dans les salles obscures de la cinématographie.

*

Pourquoi de nombreux morts, jusqu'au Mésolithique inclus, ont-ils été retrouvés les membres ramassés sur eux-mêmes, liés à l'aide de tendons de rennes morts, en position fœtale, la tête dans les genoux, sous la forme d'œufs couverts d'ocre rouge enrobés dans les peaux des bêtes décapitées et cousues ? Pourquoi les premières représentations humaines sont-elles chimériques, mêlant animalité et humanité, hommes-bisons, chamans chantant à tête animale ?

Pourquoi ces cerfs couverts de leurs bois représentés en train de bramer ? Pourquoi ces boucs représentés lors du rut et du chevrotement ? (*Tragôdia* en langue grecque veut dire encore, de façon explicite pour un Grec moderne, le chant du bouc.) Pourquoi ces lions la gueule ouverte et qui rugissent ?

La musique est-elle représentée au travers de ces premières images ?

Ces « visionnaires », ces rêveurs de nuit caverneuse, ces chamans premiers peintres *a fresca* étaient-ils particulièrement intéressés à la mue des bêtes à bois muants et à voix muante ?

Plus précisément : à la mue des jeunes garçons à l'âge de la mue de leur corps et de leur voix, à l'âge de la mue de l'enfant en homme, c'est-à-dire à l'âge de leur initiation aux secrets des chasseurs (c'est-à-dire aux secrets des hommes-animaux) et à la langue secrète des animaux qu'ils pourchassaient, dont ils se nourrissaient et avec la peau desquels ils se vêtaient ?

*

La corne du bouquetin, celle du taureau, celle du renne, peuvent-elles distinguer en elles l'instrument qui permet de boire son sang et de le partager après la mise à mort sacrificielle, celui de la boisson fermentée qui en inspire vision et danse mimée, et celui du son de son appel ?

*

Ces hommes chantaient-ils en peignant comme font les Bushmen d'Australie ? (De la même façon que les légendes touchant au grand peintre grec Parrhasios le montrent encore chantant.)

Pourquoi tous les sanctuaires inventoriés débutent-ils là où la lumière du jour comme la clarté astrale cessent d'être perceptibles, là où l'obscurité et la profondeur celée de la terre règnent sans partage ?

Pourquoi fallait-il cacher ces images (qui ne sont pas des images, qui à chaque fois furent des visions, des *phantasmata*, qui ne surgissaient qu'entraperçues à l'aide de la flamme tremblotante qui reposait dans la graisse de l'animal mis à mort) dans le caché de la terre ? Pourquoi ensuite gratter le montré ? Pourquoi cribler de flèches le représenté comme dans les jeux de balles ou de fléchettes des fêtes traditionnelles et foraines ? Comme autant de saint Sébastien ?

*

André Leroi-Gourhan, dans *Préhistoire de l'art,* a ramassé la question en une seule formule : pourquoi la pensée des chasseurs de bisons et de chevaux s'est-elle « enfouie » au moment du retrait des glaciers ?

*

Je présente la spéculation propre à ce petit traité sous la forme suivante : ces cavernes ne sont pas des sanctuaires à images.

Je soutiens que les grottes paléolithiques sont des instruments de musique dont les parois ont été décorées.

Elles sont des résonateurs nocturnes qui furent peints d'une façon qui n'était nullement panoramique : on les a peints dans l'invisible. Le choix des parois décorées fut celui de l'écho. Le lieu du double sonore est l'écho : ce sont des chambres à échos. (De la même façon que l'espace du double visible est le masque : masques de bison, masques de cerf, masques d'oiseau de proie à bec recourbé, mannequin de l'homme-bison.)

L'homme-cerf représenté au fond du cul-de-sac de la grotte des Trois-Frères tient un arc. Je ne distinguerai pas l'instrument de chasse de la première lyre de la même façon que je ne distinguai pas Apollon archer d'Apollon citharède.

*

Les peintures rupestres commencent là où on cesse de voir sa main devant son visage.

Là où on voit la couleur noire.

L'écho est le guide et le repère dans l'obscurité silencieuse où ils pénètrent et où ils quêtent des images.

*

L'écho est la voix de l'invisible. Les vivants ne voient pas les morts dans le jour. Tandis qu'ils les voient la nuit dans les songes. Dans l'écho, l'émetteur ne se rencontre pas. C'est le cache-cache entre le visible et l'audible.

*

Les premiers hommes peignirent leurs *visiones nocturnae* en se laissant guider par les propriétés acoustiques de certaines parois. Dans les grottes ariégeoises, les peintres-chamans paléolithiques représentent les rugissements, juste au-devant de la gueule ou du mufle des fauves, sous forme de traits groupés. Ces espèces de traits ou même d'incisions sont leur rugissement. Ils peignirent aussi les chamans masqués tenant leurs appeaux ou leurs arcs. La résonance, dans le grand sanctuaire résonateur, était liée à l'apparition, derrière les draperies des stalagmites.

À la lueur de la lampe à graisse, qui découvrait une à une les épiphanies bestiales entourées d'ombre, répondaient les musiques des lithophones de calcite.

*

À Malte, dans la grotte d'Hypogeum, est creusée de main d'homme une cavité résonatrice. Sa fréquence est de quatre-vingt-dix hertz dont l'amplification se révèle terrifiante dès l'instant où les voix émises sont basses.

R. Murray Shafer a recensé dans ses livres

tous les ziggourats, les temples, les cryptes et les cathédrales à écho, à réverbération, à labyrinthe polyphonique.

L'écho engendre le mystère du monde *alter ego*.

Lucrèce disait simplement que tout lieu à écho est un temple.

*

En 1776, Vivant Denon visite l'antre à échos de la Sibylle et note dans son journal de voyage : « Il n'y a pas de retentissement plus sensible. C'est peut-être le plus beau corps sonore qui existe. »

*

Dans la grotte des Trois-Frères, le chaman au bois de renne, aux oreilles de renne, à queue de cheval, aux pattes de lion, a des yeux de hibou : il a les yeux des prédateurs à ouïe. Des cavernicoles.

*

Les Aranda disent pour le verbe naître *alkneraka* : devenir-yeux.

*

Les anciens habitants de Sumer nommaient le lieu où vont les morts : le Pays-sans-retour.

Les textes sumériens décrivent ainsi le Pays-sans-retour : les souffles des morts survivent difficilement, endormis, terreux, couverts de plumes, malheureux, tels les « oiseaux nocturnes habitants des cavernes ».

*

Isis, quand elle offrit aux premiers Égyptiens le modèle de la lamentation, dit dans sa lamentation que, quand les yeux ne voient pas, les yeux désirent.

Le cantique précise, au détriment du langage, que la voix qui hèle les morts ne parvient pas à se faire entendre d'eux. La voix les nomme seulement. Elle ne peut qu'appeler à la douleur celles qui sont privées de celui qu'elles aimèrent.

Le mythe dit que lorsque Isis commença la première lamentation — la lamentation sur le cadavre d'Osiris castré et dont le sexe est perdu —, dès l'instant où Isis chanta, l'enfant de la reine de Byblos mourut.

*

La première narration figurée fut peinte au fond d'un puits, lui-même au fond d'une grotte complètement obscure. C'est un homme ithyphallique mourant renversé en arrière, un bison, éventré par un épieu, qui le charge, un bâton surmonté d'une tête d'oiseau à bec recourbé.

La dernière religion qui persiste dans l'espace où je vis représente un homme qui meurt.

Il est dit, dans le *Nouveau Testament*, que ce fut les yeux bandés que le Christ reçut le soufflet.

Tout Dieu saigne dans l'ombre.

Dieu ne saigne que dans l'audition et dans la nuit. Au-dehors de la nuit ou des grottes, il rayonne comme un soleil.

Isaac ne voit plus. Il est dans sa nuit. Jacob dit : « Je ne t'ai pas rapporté une brebis déchirée par les fauves. »

Jacob n'a pas apporté une brebis déchirée

par les bêtes fauves mais il s'en est couvert les bras.

Isaac le tâte et dit : « La voix est celle de Jacob mais les bras sont ceux d'Esaü » et il le bénit.

Il songe : « La voix n'a pas encore mué et pourtant le corps est velu. »

*

Enfant, je chantai. Adolescent, comme tous les adolescents, ma voix se brisa. Mais elle demeura étouffée et perdue. Je m'ensevelis passionnément dans la musique instrumentale. Il y a un lien direct entre la musique et la mue. Les femmes naissent et meurent dans un soprano qui paraît indestructible. Leur voix est un règne. Les hommes perdent leur voix d'enfant. À treize ans, ils s'enrouent, chevrotent, bêlent. Il est curieux que notre langue dise encore qu'ils chevrotent ou qu'ils bêlent. Les hommes comptent parmi les bêtes dont la voix casse. Dans l'espèce, ils forment l'espèce des chants à deux voix.

On peut les définir, à partir de la puberté : humains que la voix a quittés comme une mue.

Dans la voix masculine, l'enfance, le non-langage, la relation à la mère et à son eau obscure, à la cloison de l'amnios, puis l'élaboration obéissante des émotions premières, enfin la voix enfantine qui tire à elle le langage maternel, sont la robe d'un serpent.

Alors ou bien les hommes, comme ils tranchent les bourses testiculaires, tranchent la mue. C'est la voix à jamais infantile. Ce sont les castrats.

Ou bien les hommes composent avec la voix perdue. On les appelle les compositeurs. Ils recomposent autant qu'ils le peuvent un territoire sonore qui ne mue pas, immuable.

Ou encore les humains suppléent à l'aide d'instruments la défaillance corporelle et l'abandon sonore où l'aggravement de leur voix les a plongés. Ils regagnent de la sorte les registres aigus, à la fois puérils et maternels, de l'émotion naissante, de la patrie sonore.

On les nomme les virtuoses.

*

La castration humaine peut être définie comme la domestication néolithique de la voix. Domestication intraspécifique qui eut cours de l'époque néolithique jusqu'à la fin du XVIIIe siècle européen. Elle renvoie aux souterrains de circoncision des grottes chamaniques où mourir à l'enfance et renaître mué en homme-animal, en chasseur, étaient une seule et même métamorphose.

Dans la grotte d'Hypogeum, les voix des femmes et celles des enfants ne peuvent faire retentir l'instrument de pierre, la fréquence de leur voix n'étant pas assez basse pour mettre en branle la résonance rocheuse.

Seuls les garçons qui ont mué font retentir la grotte d'Hypogeum.

Muer, mourir et renaître : le voyage funéraire ou nocturne et l'initiation juvénile sont indissociables. Propp disait que tous les contes merveilleux du monde racontaient ce voyage d'initiation : revenir barbu et rauque.

Qu'est-ce qu'un héros ? Ni un vivant ni un mort. Un chaman qui pénètre dans l'autre monde et qui en revient.

Un mué.

C'est être ressorti de la grotte, de la gueule animale qui avale, met en pièces c'est-à-dire incise, et recrache dans la lumière solaire.

*

Depuis l'émergence zoologique, trois millions d'années nous séparent des armes-outils faits de pierre. Puis quarante mille ans de préhistoire. Enfin neuf mille ans d'histoire qui n'est autre que la guerre infinie. Les hommes au sortir de la préhistoire, au tout début du néolithique, déchirant le temps jusqu'à préméditer l'année, envisagèrent les plantes, les animaux, les hommes comme des éleveurs. Ils sacrifièrent les prémices des plantes, les premiers-nés des troupeaux et des leurs. Ils castrèrent.

Osiris est déchiré et émasculé. Le quatorzième morceau de son corps, introuvable, est son sexe. Lors des processions d'Osiris, les femmes musiciennes chantaient en son honneur son cantique en mouvant au moyen de ficelles les marionnettes obscènes de leur dieu. Atys arrache son pénis sous un pin et asperge de sang la terre. Le rituel était accompagné de tambourins, de cymbales, de flûtes et de cors. Les cantiques des collèges des prêtres eunuques d'Atys connaissaient un immense renom dans tout l'Orient. Marsyas le musicien, après qu'il eut ramassé la flûte jetée par Athéna, fut lié à un pin et émasculé, puis écorché. Les Grecs allaient voir sa peau à Célénè, à époque historique, dans une grotte, au pied de la citadelle. Ils disaient que sa peau tressaillait encore, pour peu que l'aulète jouât bien de sa flûte. Orphée est émasculé et déchiré. La musique et la voix merveilleuse, la voix domestiquée, la castration sont liées.

*

La mort a faim. Mais la mort est aveugle. *Caeca nox.* Nuit noire veut dire nuit aveugle, qui ne voit pas.

Étant nuit, les morts ne peuvent reconnaître qu'à la voix.

Dans la nuit, le repérage est acoustique. Au fond des grottes, dans le silence absolu et nocturne du fond des grottes, les draperies de calcite blanches, dorées, servant de lithophones, sont brisées à hauteur d'homme.

Les stalagmites et les stalactites rompues étaient transportées, à époque préhistorique, hors des grottes. Ce sont des fétiches.

*

Le géographe grec Strabon rapporte qu'au fond de la grotte de Corycie, à deux cents pieds de son ouverture, sous le ruissellement des stalactites, là où la source souterraine jaillissait pour disparaître aussitôt en grondant dans la fissure, dans la plus complète obscurité, les hommes pieux de la Grèce entendaient des cymbales touchées par les mains de Zeus.

Strabon ajoute que d'autres Grecs, au Ier siècle avant Jésus-Christ, affirmaient qu'il s'agissait de l'entrechoquement des mâchoires de Typhôn Voleur des nerfs des ours.

*

Au XVIIIe siècle de notre ère, *Jan de l'Ors* (Jean de l'Ours) attache solidement sous ses bras la corde. Il descend au fond du puits. Le trou s'enfonce verticalement dans la terre sans qu'il en perçoive le fond. Les parois sont gluantes. Des chauves-souris s'échappent silencieusement dans l'obscurité. La descente dure trois jours pleins.

Au bout du troisième jour, sa canne de quarante quintaux heurte le fond de la terre. Jan de l'Ors se libère de la corde. Il fait quelques pas dans l'immense caverne où il vient de parvenir.

Un grand tas d'os jonche le sol.

Il marche au milieu des crânes.

Il entre dans un château au milieu de la grotte. Il marche mais ses pas ne résonnent plus.

Jan lance sa canne de quarante quintaux sur le sol de marbre : cela fait le bruit d'une plume d'oiseau qui tombe sur la neige.

Jan de l'Ors comprend aussitôt que ce château est la demeure où les sons ne peuvent pas naître.

Il lève la tête vers un chat gigantesque fait de calcite, de verre lumineux, de cristal. Le grand chat porte sur le front une escarboucle qui flamboie dans l'obscurité. Il y a partout des arbres chargés de pommes d'or qui entourent une fontaine muette : l'eau jaillit puis retombe sans qu'on n'entende rien.

Assise au bord de la fontaine, une jeune fille, belle comme l'aurore, peigne sa chevelure avec un croissant de lune.

Jan de l'Ors s'approche d'elle mais elle ne le voit pas. Les yeux de la jeune fille merveilleuse restent irrésistiblement fixés sur les feux de l'escarboucle qui maintient le lieu sous son charme.

Jan veut lui parler : il pose sa question mais sa question ne résonne pas.

« La femme est ensorcelée, pense Jan de l'Ors, et moi je vais devenir un homme fou dans ce silence de mort. »

Alors Jan soulève sa canne de quarante quintaux, la brandit et en donne un grand coup sur la tête du grand chat de cristal.

Tous les stalactites se brisent en émettant le plus beau chant du monde. Les sons emprisonnés deviennent tout à coup libres. La fontaine murmure. Les dalles résonnent. Les feuilles bruissent sur les branches des arbres. Les voix parlent.

Le chant des Sirènes

Au chant IX de l'*Odyssée*, Ulysse, fondant en larmes, avoue son nom. L'aède repose sa cithare et se tait. Désormais Ulysse prend la parole, parle à la première personne et raconte la suite de ses aventures : d'abord la grotte, ensuite l'île de Kirkè, enfin le voyage au pays des morts.

Revenant du pays des morts, Ulysse longe l'île des Sirènes.

Kirkè veut dire l'oiseau de proie, l'Épervière. Circé chante dans l'île d'Aiaiè. *Aiaiè* veut dire en grec la Plainte. Kirkè chante un chant plaintif et langoureux et son chant transforme ceux qui l'écoutent en porcs. Circé la chanteuse a averti Ulysse : le chant *(aoidè)* aigu, perçant *(ligurè)* des Sirènes tire *(thelgousin)* les hommes : il attire et lie dans la fascination ceux qui entendent. L'île des

Sirènes est un pré humide *(leimôni)* entouré d'ossements humains sur lesquels les chairs se corrompent. Les deux ruses que la chamane épervière indique à Ulysse sont aussi simples que précises. Chaque homme d'Ulysse doit avoir les deux oreilles bouchées avec des petits fragments de cire pétrie prélevés avec un couteau de bronze sur un gâteau de miel. Ulysse seul peut conserver les oreilles ouvertes à la condition qu'il soit trois fois lié avec des cordes : les mains liées, les pieds liés et, debout sur l'emplanture, le thorax lié au mât.

À chaque fois qu'Ulysse demandera à être détaché, Eurylokhos et Périmèdès resserreront les liens. Alors il pourra entendre ce qu'aucun mortel n'a entendu sans mourir : les cris-chants (à la fois *phthoggos* et *aoidè*) des Sirènes.

*

La fin de la scène d'Homère est plus inconséquente.

Quand le silence est revenu sur la mer, ce sont vraisemblablement les marins, dont les oreilles sont bouchées, qui entendent l'éloi-

166

gnement du chant des Sirènes, puisqu'il est convenu qu'Ulysse, demanderait-il qu'on lui desserre les liens, ils seraient aussitôt resserrés par Eurylokhos et Périmèdès. Bref, les marins dont les deux oreilles sont bouchées, entendant le silence, s'empressent d'enlever de leurs oreilles les morceaux de gâteau de miel qu'Ulysse avait découpés à l'aide de son couteau de bronze puis pétris avec ses doigts.

À ce moment, Eurylokhos et Périmèdès délient *(anelysan)* Ulysse. Il se trouve aussi que c'est la première fois que le mot « analyse » apparaît dans un texte grec.

*

Le simple fait d'inverser l'épisode me paraît lui donner son sens le plus sûr.

Des oiseaux attirent par un chant surnaturel des hommes dans le lieu jonché d'os où ils gîtent : des hommes attirent par un chant artificiel des oiseaux dans le lieu jonché d'os où ils nichent.

Le chant artificiel propre à attirer les oiseaux se nomme un appeau. Les Sirènes sont la revanche des oiseaux sur les appeaux qui en font des victimes de leur propre chant. Les couches archéologiques des plus anciennes grottes mettent à jour des sifflets et des appeaux. Les chasseurs paléolithiques leurraient de façon mimétique les animaux qu'ils chassaient et dont ils ne se distinguaient pas. Des cornes de rennes ou de bouquetins étaient figurées sur les parois nocturnes. On les exhibe dans les livres en pleine lumière comme des illustrations : il ne faut pas exclure que des cornes peuvent aussi corner. Les premières figurations humaines tiennent parfois à la main une corne. Pour boire son sang ? Pour héler l'animal dont elle est le signe (et alors que ce signe est ce qui tombe dans la forêt lors de sa mue) au point de pouvoir en devenir le son qui le signale ?

Alors la spéculation peut s'articuler de la sorte : le texte d'Homère reprend dans un épisode inversé un conte prototype sur l'origine de la musique selon lequel la première musique fut celle des sifflets-appeaux de la chasse. Les secrets de la chasse (les paroles des animaux, c'est-à-dire les cris qu'ils émettent et qui les appellent) sont enseignés lors de l'initiation. Kirkè est l'Épervière. Si les vautours et les faucons, les aigles, les chouettes se sont peu à peu «déifiés» par le statut de célestes, auxquels les chasseurs laissaient une part des proies qu'ils avaient mises à mort à l'instant rituel du sacrifice (de la dépouille de la peau, du découpage des membres et du partage des organes et des chairs), les appeaux qui les attiraient se sont mis peu à peu à se «théologiser». C'est ainsi que la musique, dans un second temps, est devenue un chant qui attire les dieux auprès des hommes, après avoir attiré les oiseaux auprès des chasseurs. Il s'agit d'un second temps mais c'est la même fonction.

*

Les oreilles les mènent à la glu où leurs pattes s'entravent : la cire dans les oreilles les empêche d'entendre l'appelant.

*

À Rome, les cerfs passaient pour des animaux lâches — indignes des sénateurs qui leur préféraient les sangliers — parce qu'ils fuyaient quand on les attaquait et passaient pour adorer la musique. La chasse au cerf se faisait à l'appeau ou à l'appelant : soit une sorte de syrinx au chant de mue, soit un cerf vivant attaché qui servait d'appât en bramant. La chasse au cerf, considérée comme servile, ne se faisait pas à l'épieu mais au filet : les bois se prenaient inextricablement dans les mailles.

*

Tous les contes racontent des histoires de jeunes hommes qui acquièrent, au cours de l'initiation, le langage des bêtes. L'appeau comme l'appelant hèlent l'émetteur dans son chant. La musique ne consiste nullement à faire entrer dans une ronde humaine : elle fait pénétrer dans une ronde zoologique reproduite. Leurs imitations s'entraînent mutuellement. Les oiseaux sont les seuls, comme les humains, à savoir imiter les chants des espèces voisines. Les sons mimés, qui sont les masques sonores des proies, font entrer l'animal céleste, l'animal terrestre, l'animal aquatique, tous les animaux prédateurs y compris l'homme, le tonnerre, le feu, la mer, le vent, dans la ronde prédatrice. La musique fait circuler la ronde par les sons des bêtes dans la danse, par les images des bêtes et des astres sur les parois des grottes plus anciennes. Elle en intensifie la rotation. Car le monde tourne, comme le soleil et les étoiles, les saisons et les mues, les floraisons et les fruits, les ruts et les reproductions des bêtes.

Après la prédation, elle en assure la domestication. Un appeau est déjà un domesticateur. Un appelant est déjà un domestiqué.

*

Ulysse a quelque chose d'un Athénien. Le rite des Anthestéries à Athènes est fondé sur les cordes et la poix. Une fois par an les âmes des morts revenaient dans la cité et les Athéniens liaient les temples avec des cordes et barbouillaient les portes des maisons avec de la poix. Les souffles errants des ancêtres essaieraient-ils de pénétrer dans les demeures où ils avaient vécu, ils resteraient collés à l'extérieur du seuil telles des mouches.

Durant toute la journée les pots de terre pleins de la nourriture qu'on leur avait préparée étaient exposés au milieu des rues.

Ces souffles *(psychè)* furent appelés ensuite des fantômes *(daimôn)* ou encore des sorcières-vampires *(kères)*.

Sir James George Frazer rapporte que les Bulgares avaient conservé, au début du XXe siècle, la coutume suivante : afin d'écarter de leurs demeures les mauvais esprits, ils peignaient sur l'extérieur de la porte une croix en goudron tandis que sur le seuil ils suspendaient un écheveau embrouillé composé de nombreux bouts de ficelle. Avant que le fantôme eût compté tous les fils, il y avait gros à parier que le coq chantât et que l'ombre dût regagner en hâte sa tombe avant que la lumière s'épandît et ne risquât de l'effacer.

*

Ulysse bandeletté à son mât est aussi une inlassable scène égyptienne. Sortant des Enfers, Ulysse connaît la mort et la résurrection par le chant magique, entouré des momies aux oreilles bouchées de natron et de résine. Pharaon dans la barque solaire traverse l'océan céleste.

Osiris ithyphallique féconde sur les murs

des tombes enfouies des pyramides l'oiseau Isis, qui chevauche son ventre, en train de concevoir l'homme à tête d'oiseau, le faucon Horus.

Le mort (ombre noire) est figuré devant la porte des enfers précédé de son *ba* (la sirène colorée éployant ou ramassant ses ailes).

La momification des cadavres était accompagnée du chant des embaumeurs. Dans les comptes des funérailles, le premier poste budgété est le lin, le deuxième le masque, le troisième la musique. Le *Chant du harpiste* noté dans chaque tombe répète sous forme de refrain :

« L'appel du chant n'a sauvé personne du tombeau.

« C'est pourquoi fais un jour heureux et ne te lasse point à entendre l'appel funéraire.

« Vois : personne n'a emporté son bien avec soi…

« Vois : personne n'est revenu, qui s'en est allé. »

*

Le *ba* est l'oiseau intérieur à tête humaine et à mains humaines quêteur de souffle. Il quitte le corps et rejoint la momie. Le *ba* des anciens Égyptiens est proche de la *psychè* des anciens Grecs. À vrai dire, le dessin des *ba* oiseaux à tête humaine fut méticuleusement repris par les potiers Grecs pour dessiner sur leurs vases les Sirènes tentant Ulysse. Ce que nous appelons les *Chants du Désespéré* de l'ancienne Égypte avaient pour véritable titre le *Dialogue entre l'homme et son ba*. L'abri nocturne de la tombe, sa fraîcheur, l'eau et les nourritures forment l'appât qui attire les souffles errant dans l'air, accablés de chaleur, affamés, assoiffés.

*

Ulysse est ligoté comme une gerbe de céréales. Il est lié comme l'ours du carnaval qu'on fait danser au son des pipeaux et des crécelles avant de le pousser dans le fleuve.

On croirait un chaman yakoute : au haut de l'arbre à courroies il se marie avec l'aigle et, sur la berge de la rivière Groseille, s'enfonce dans les os des morts jusqu'aux genoux.

C'est Sargon devant l'oiseau Ishtar.

*

Tout conte, avant même de s'échanger à l'intrigue particulière qu'il met en scène, est par lui-même une histoire-leurre (une fiction, un piège) pour apaiser l'âme des animaux abusés. Toute chasse au leurre s'expie par une offrande qui n'est qu'un contre-leurre. De la même façon qu'il faut nettoyer par des chants et des jeûnes les armes infestées des esprits des corps qu'elles ont jetés à terre dans le sang et la mort.

Avouant la ruse qu'il inverse dans le conte, le chasseur venant de chez Kirkè exorcise la vengeance des oiseaux que le leurre a fait venir dans le chant. Le conte exorcise jusqu'à la corde des filets (qui enserre Ulysse). Jusqu'à la glu (qui bouche les oreilles des compagnons du héros).

Jusqu'à ce thorax *(kithara)* couvert de cordes qu'est Ulysse devant l'oiseau.

*

Le mot *harmonia* en grec décrit la façon d'attacher les cordes pour les tendre.

Le premier nom de la musique en Grèce archaïque *(sophia)* désignait l'habileté à construire des navires.

*

Quand Myron voulut représenter le dieu de la musique, il sculpta Marsyas, ligoté au tronc d'un arbre, en train d'être écorché vif.

*

Le faucon pèlerin fond sur le canard colvert.

Le sifflement du vol en piqué, dû à la rapidité de la chute, sidère la proie.

*

Harpes, flûtes et tambour s'assemblent dans toutes les musiques. Cordes et doigts, vents et bouche, percussions des mains ou piétinement des pieds, toutes les parties du corps dansent sous l'emprise.

Les pièces de musique de l'ancien Japon se divisaient toujours en trois parties : *jo, ha, kyou.* Le début se nommait « introduction », le milieu se nommait «déchirure», la fin se nommait «presto».

Pénétration, déchirure, très vite.

La forme sonate japonaise.

*

L'épervier-chaman se tient devant l'esprit-alouette.

Le chaman est un prédateur, un chasseur d'âmes : il tend les pièges, les nœuds, les trappes, les amorces, les glus. Il sait comment tenir les âmes captives et les contraindre par les têtes décapitées et les cheveux liés. Il connaît un à un tous les chemins (les chants) pour aller chez les âmes. Ce que le chaman nomme chemin (*odos*, une ode) est une narration à moitié récitée et à moitié chantée.

*

Ce sont des leurres. L'image du poisson lancée à la mer appâte les bancs des congénères. La musique est appeau comme l'image est appât.

Avant même que l'image fût un appât : la

couleur le fut. Enduire de sang la paroi, c'est teindre la paroi avec l'animal tué.

La première couleur est le noir (la nuit, puis le noir plus absolu propre à l'obscurité des cavernes). La deuxième est le rouge.

*

Le tonnerre est l'appeau de la pluie d'orage.

Le *bull-roarer* est l'appeau du tonnerre.

Le chaman ne fait pas pleuvoir en tambourinant : celui qui tambourine hèle le son du tonnerre qui lui-même appelle la pluie d'orage.

*

La musique n'est pas un chant spécifique de l'espèce *Homo*. Le chant spécifique des sociétés humaines est leur langue. La musique est une imitation des langages enseignés par les proies lors de la reproduction du chant des proies à l'heure de leur reproduction.

Des concerts de nature. La musique fait mugir, elle fait braire, elle fait barrir.

Elle hennit.

Elle tire du ventre du chaman l'animal absent que le corps mime et que la peau et le masque montrent.

La danse *est* une image. Comme la peinture *est* un chant. Les simulacres simulent. Un rite répète une *metaphora* (un voyage). Les camions de déménagement en Grèce moderne portent encore sur leur flanc le mot METAPHORA. Un mythe *est* l'image dansée du rite lui-même dont on attend de l'attraction sur le monde.

*

Le chaman est le spécialiste du rugissement des bêtes. Le maître des esprits peut se métamorphoser en n'importe qui ou en n'importe quoi — encore que ce soit l'oiseau qui aille le plus vite et qui permette de traverser la mer ou de dépasser les montagnes. L'oiseau est le plus nomade des nomades. Le chaman est un accélérateur du transport, du temps, c'est-à-dire de la métaphore, de la métamorphose. Enfin il est le plus sonore des sonores.

Son territoire est de l'air borné de chants.

*

1. La musique convoque au lieu où elle a lieu, 2. elle assujettit les rythmes biologiques jusqu'à la danse, 3. fait tomber par terre, dans le cercle de la transe, le mugissement qui parle dans le chaman.

Si la voix chevrote, le corps cabriole. Sauter n'est pas bondir, ramper n'est pas glisser. Saut de carpe, tarentelle, bal ou mascarade sont originairement la même chose. D'où viennent frétiller, gigoter, tituber? Les listes répertoriant les cris des animaux, dans les grammaires, exercent un irrésistible attrait, provoquent des compétitions infinies chez les enfants, qu'elles entraînent encore chez les adultes.

Tempêter, gueuler, brailler, aboyer, vagir, piauler, déblatérer, huer...

Les ethnologues ont inventorié les techniques musicales propres à intimider la tornade, à fouetter l'ouragan, à calmer le feu, à assommer la rafale, à semer la panique dans les pluies afin de les mener en en tambourinant le débit, à attirer le troupeau dans son piétinement, à ensorceler la venue du fauve

dans le corps du sorcier, à terrifier la lune,
les âmes et le temps jusqu'à l'obéissance.

*

À Saint-Genou on peut encore contempler les Dames Oiselles sculptées de l'église.
Ce sont des grues serrant dans leurs pinces
des pierres vivantes. Leurs cous sont noués,
empêchant de la sorte le cri qui sort de leur
gosier. Ce cri est si dense qu'il tue tout être
qui l'entend mais il est si aigu qu'il s'abolit
dans le silence et que nul vivant ne l'entend,
lui rappelant que le langage du chant a précédé le langage des langues.

*

Les hommes remontent des enfers et
errent sur la mer sonore. Tous les vivants
sont menacés d'être engloutis dans la mer
sonore. La musique les attire. La musique
est l'appeau qui attire dans la mort.
Qui attire les voix dans la ressemblance
qui les perd.

*

Le fleuve qui est dans l'estuaire ne montre plus rien de la ténuité de la source. Sauver la source, tel est mon délire. Sauver la source du fleuve lui-même que la source engendre et que le fleuve engloutit à force de l'accroître. On fouille Troie et on pèle un oignon infini. Les grandes cités des temps anciens ne sont pas retournées à l'état des forêts qu'elles avaient défrichées. Elles n'y retourneront pas. Les civilisations laissent place dans le meilleur des cas à des ruines. Dans le pire, à des déserts irréversibles. Je fais partie de ce que j'ai perdu.

Louis XI et les porcs musiciens

L'abbé de Baigné était musicien. Le roi Louis XI appréciait ses cantates. Aussi le faisait-il souvent venir dans son château du Plessis. C'était au temps du ministère Gaguin. Le roi tendait son verre. Il demandait à Robert Gaguin d'associer à son vin un peu de sang prélevé sur ses plus jeunes sujets. Un jour, Gaguin étant présent, alors que l'abbé de Baigné entretenait le roi de la douceur qui lui paraissait être le propre de la musique, le souverain lui demanda s'il serait capable de produire une harmonie avec des porcs.

L'abbé de Baigné réfléchit. Puis il dit :

« Sire, je pense qu'il est en mon pouvoir de réaliser ce que vous demandez. Il faudrait toutefois que trois conditions fussent remplies. »

Le roi demanda avec hauteur quelles pouvaient être ces conditions qu'il posait.

« Pour la première, reprit l'abbé, il faut que son altesse me procure tout l'argent qui me sera nécessaire. Pour la deuxième, qu'elle me laisse au moins un mois de temps. Enfin qu'au jour dit elle me permette de diriger le chant. »

Le roi saisit la main de l'abbé et, la frappant, affirma qu'il parierait dans ce cas la somme dont il aurait besoin pour produire cette harmonie de cochons.

L'abbé de Baigné frappa en retour la main que le roi Louis XI tenait grande ouverte devant lui.

Aussitôt, le roi de France, pour ne pas laisser le temps à l'abbé de reprendre sa parole, fit un signe à son trésorier afin qu'il lui comptât sans perdre de temps toutes les pièces d'or qu'il voulût.

Toute la cour exultait et riait.

Le lendemain, toute la cour, ayant modifié son jugement, chuchotait que l'abbé de Baigné était fou d'avoir relevé un défi si risqué qu'il entraînerait la ruine de sa maison et le ridicule sur lui.

Comme on lui rapportait les remarques

des courtisans, l'abbé de Baigné haussa les épaules, disant qu'ils manquaient d'imagination, estimant qu'ils avaient tort de conclure, après qu'ils auraient pris en considération toutes les choses qu'ils ne savaient pas faire, que parce qu'ils ne savaient pas les faire elles étaient impossibles.

L'abbé de Baigné acheta trente-deux porcs et les engraissa. Il en prit huit pour la voix de ténor qui étaient des truies ; huit sangliers pour la voix de basse qu'il fit aussitôt enfermer avec les ténors afin qu'ils les saillissent nuit et jour ; huit cochons pour l'alto ; huit cochons marcassins, pour la voix de soprano, dont il trancha lui-même, avec un couteau de pierre, la base du sexe au-dessus d'un bassinet.

Puis l'abbé de Baigné construisit un instrument qui ressemblait à un orgue et qui possédait trois claviers. Au bout de longs fils de cuivre, l'abbé de Baigné fit attacher des pointes de fer très acérées qui, selon les touches enfoncées, piquaient les porcs qu'il avait sélectionnés, créant ainsi une véritable polyphonie. Il fit attacher les gorets, les truies, les cochons et les marcassins castrés sous une tente dans l'ordre qu'il recherchait, dans des cages faites de joncs épais, afin qu'ils n'eussent pas le loisir de bouger, et de telle façon qu'il était impossible de ne pas les piquer plus ou moins profondément en enfonçant les touches.

Il fit cinq ou six essais puis, quand il jugea l'harmonie parfaite, il écrivit au roi qu'il l'invitait à entendre, à Marmoutier, un concert de musique porcine.

L'harmonie se produirait, en plein air, dans la cour de l'abbaye fondée par saint Martin.

C'était quatre jours avant le terme qui avait été fixé par le roi.

*

À ce moment-là, le roi Louis XI se trouvait à Plessis-lès-Tours avec ses ministres et sa cour. Comme il était très désireux d'entendre un tel chœur fait de porcs, tout le monde se rendit à l'abbaye de Marmoutier, où l'abbé de Baigné avait préparé son instrument.

À la vue de la grande tente aux couleurs du roi déployée au milieu de la cour et considérant cette espèce d'orgue à pieds et à double clavier de mains qui la jouxtait, chacun s'étonnait, faute de pouvoir apercevoir comment était conçu l'instrument, quel pouvait être son fonctionnement, et où se trouvaient les porcs.

La cour s'arrêta à quelques mètres, là où l'abbé de Baigné avait disposé des gradins devant lesquels avait été placé un fauteuil doré pour le roi.

Soudain le souverain dit à l'abbé de commencer. Alors l'abbé se plaça debout devant le clavier et se mit à enfoncer les touches avec les pieds et les doigts comme on fait pour jouer de l'orgue à eau et tour à tour les porcs se mirent à trompeter dans l'ordre où ils étaient piqués et même, parfois, tous ensemble, dès lors que l'abbé touchait les touches simultanément. Il en résulta une musique inconnue, véritablement harmonieuse, c'est-à-dire polyphonique, très agréable et variée à entendre car l'abbé de Baigné, qui était un excellent musicien, après avoir commencé par un canon, poursuivit avec deux très belles ricercares et termina avec trois motets magistralement composés par ses soins et qui plurent beaucoup à sa majesté.

Non content d'avoir entendu cette musique une fois, le roi Louis XI désira que l'abbé de Baigné l'exécutât intégralement une seconde fois.

À la suite de cette reprise, dont l'harmonie fut en tous points identique à la première, les seigneurs et toutes les autres personnes de la cour se tournèrent vers le roi en estimant que l'abbé de Baigné avait rempli sa promesse et se mirent à adresser à l'abbé beaucoup d'éloges. Un noble écossais qui séjournait à la cour du roi de France murmura : « Cauld Airn ! » et serra la garde de son épée tout en prononçant ces mots. Avant de se décider, le roi Louis XI, dont le naturel était méfiant, désira vérifier qu'il n'avait pas été trompé et qu'il s'agissait bien de porcs. Il fit soulever un côté de la tente pour voir. Et quand il vit comment les porcs gris et les sangliers avaient été attachés, comment les fils de cuivre étaient agencés, avec leurs pointes de fer aussi pointues que des aiguilles de cordonnerie, il déclara que l'abbé de Baigné était un homme remarquable et très inventif, au-delà d'un redoutable champion dans les défis qu'il relevait.

Le roi dit qu'il lui abandonnait, comme il

l'avait juré, la somme qui avait été débour-
sée par le trésor royal pour acheter les porcs
et édifier la tente, l'orgue et les gradins.
L'abbé de Baigné commença par s'agenouil-
ler et lui dire merci puis, relevant la tête,
murmura :

« Sire, j'ai appris à des porcs à dire A.B. en
vingt-quatre jours. En trente-quatre ans je
n'ai pas pu l'apprendre à des rois. »

Le roi Louis XI, comprenant qu'il ne
voulait pas être seulement abbé par le
nom, mais par la jouissance effective d'une
abbaye, lui offrit une maison religieuse qui
se trouva vacante à ce moment-là, avec les
bénéfices qui y étaient attachés. Cette
réponse plut tellement au souverain, qu'il
lui arrivait souvent de la citer, non pour son
audace, puisque cette dernière était fondée
sur l'invention d'orgues de porcs, mais pour
son à-propos.

*

Le roi Louis XI, avant de quitter l'abbaye
de Marmoutier, reçut la Ville. Le roi était
assis dans le fauteuil couvert de feuilles d'or
que lui avait fait préparer l'abbé de Baigné.

Il déclara devant toute la noblesse, tous les corps de la Ville et le peuple :

« Jadis, la reine Pasiphaé avait commandé à l'ingénieur Dédale une grande vache creuse, en bois, recouverte de peaux. Elle s'était mise nue et s'était introduite dans la vache de bois afin de leurrer le désir du taureau et pour recueillir en elle sa semence. Les Troyens aussi eurent un gros cheval de bois. Les Juifs avaient à la fois un bouc émissaire pour le sable du désert et des veaux en fonte pour les tentes du campement. Sur le bord de la mer, dans la ville de Carthage, les mains de bronze du dieu Baal, inclinées vers la fournaise, faisaient glisser jusqu'à deux cents enfants. Le roi Phalaris, quant à lui, avait fait faire un taureau d'airain doté de trompettes fort ingénieuses : quand il mettait à brûler les jeunes hommes dans le ventre d'airain, par l'intermédiaire des trompettes de bronze, leurs cris de douleur se transformaient en harmonie. Le taureau cessait peu à peu de mugir quand les adolescents que le tyran avait mis à rôtir devenaient cendres. Le taureau se taisait soudain quand ils étaient passés à l'état de souvenirs. J'ai eu mon orgue où des sangliers chantent comme des souvenirs d'enfants. Ce que Dédale fut au roi Minos, monsieur l'abbé de Baigné l'a été pour moi. Dans le pays des Géranésiens, Notre-Seigneur Jésus a fait entrer le nom impur des démons dans les porcs. J'en ai fait sortir la musique. »

VIIᵉ TRAITÉ

La haine de la musique

La musique est le seul, de tous les arts, qui ait collaboré à l'extermination des Juifs organisée par les Allemands de 1933 à 1945. Elle est le seul art qui ait été requis comme tel par l'administration des *Konzentrationlager*. Il faut souligner, au détriment de cet art, qu'elle est le seul art qui ait pu s'arranger de l'organisation des camps, de la faim, du dénuement, du travail, de la douleur, de l'humiliation, et de la mort.

*

Simon Laks naquit le 1er novembre 1901 à Varsovie. Après ses études au conservatoire de Varsovie, il se rendit à Vienne en 1926. Pour vivre, il accompagnait au piano les films muets. Puis il se rendit à Paris. Il par-

lait le polonais, le russe, l'allemand, le français et l'anglais. Il était pianiste, violoniste,
compositeur, chef d'orchestre. Il fut arrêté à
Paris, en 1941. Il fut interné à Beaune, à
Drancy, à Auschwitz, à Kaufering, à Dachau.
Le 3 mai 1945, il fut libéré. Le 18 mai, il était
à Paris. Il désira évoquer la mémoire et la
souffrance de ceux qui avaient été anéantis
dans les camps mais il voulut aussi méditer
sur le rôle qu'avait joué la musique dans
l'extermination. Il se fit aider par René
Coudy. En 1948, il publia au Mercure de
France, avec René Coudy, un livre intitulé
Musiques d'un autre monde précédé d'une
préface écrite par Georges Duhamel. Ce
livre ne fut pas accueilli et tomba dans
l'oubli.

*

Depuis ce que les historiens appellent
la «Seconde Guerre mondiale», depuis les
camps d'extermination du IIIe Reich, nous
sommes entrés dans un temps où les
séquences mélodiques exaspèrent. Sur la
totalité de l'espace de la terre, et pour la
première fois depuis que furent inventés les

premiers instruments, l'usage de la musique est devenu à la fois prégnant et répugnant. Amplifiée d'une façon soudain infinie par l'invention de l'électricité et la multiplication de sa technologie, elle est devenue incessante, agressant de nuit comme de jour, dans les rues marchandes des centres-villes, dans les galeries, dans les passages, dans les grands magasins, dans les librairies, dans les édicules des banques étrangères où l'on retire de l'argent, même dans les piscines, même sur le bord des plages, dans les appartements privés, dans les restaurants, dans les taxis, dans le métro, dans les aéroports.

Même dans les avions au moment du décollage et de l'atterrissage.

*

Même dans les camps de la mort.

*

L'expression *Haine de la musique* veut exprimer à quel point la musique peut devenir haïssable pour celui qui l'a le plus aimée.

*

La musique attire à elle les corps humains.

C'est encore la sirène dans le conte d'Homère. Ulysse attaché au mât de son vaisseau est assailli par la mélodie qui l'attire. La musique est un hameçon qui saisit les âmes et les mène dans la mort.

Ce fut la douleur des déportés dont le corps se soulevait en dépit d'eux.

*

Il faut entendre ceci en tremblant : c'est en musique que ces corps nus entraient dans la chambre.

*

Simon Laks a écrit : « La musique précipitait la fin. »

Primo Levi a écrit : « Au *Lager* la musique entraînait vers le fond. »

*

Dans le camp d'Auschwitz, Simon Laks fut violoniste, puis copiste de musique permanent *(Notenschreiber)*, enfin chef d'orchestre.

Le chimiste italien Primo Levi entendit le chef d'orchestre polonais Simon Laks diriger.

Comme Simon Laks à son retour, en 1945, Primo Levi écrivit *Se questo è un uomo*. Son livre fut refusé par plusieurs éditeurs. Publié enfin en 1947, il ne fut pas davantage accueilli que ne le fut *Musiques d'un autre monde*. Dans *Se questo è un uomo*, Primo Levi écrivait qu'à Auschwitz, aucun détenu ordinaire, appartenant à un *Kommando* ordinaire, n'avait pu survivre : « Il ne restait que les médecins, les tailleurs, les cordonniers, les musiciens, les cuisiniers, les homosexuels encore jeunes et attirants, les amis ou compatriotes de certaines autorités du camp, plus quelques individus particulièrement impitoyables, vigoureux et inhumains, solidement installés par le commandement SS dans les fonctions de *Kapo, Blockältester* ou autres. »

*

Pierre Vidal-Naquet a écrit : « Menuhin pouvait survivre à Auschwitz, non Picasso. »

*

La méditation propre à Simon Laks peut être divisée sous la forme de deux questions :

Pourquoi la musique a-t-elle pu être « mêlée à l'exécution de millions d'êtres humains » ?

Pourquoi y prit-elle une « part plus qu'active » ?

La musique viole le corps humain. Elle met debout. Les rythmes musicaux fascinent les rythmes corporels. À la rencontre de la musique l'oreille ne peut se fermer. La musique, étant un pouvoir, s'associe de ce fait à tout pouvoir. Elle est d'essence inégalitaire. Ouïe et obéissance sont liées. Un chef, des exécutants, des obéissants, telle est la structure que son exécution aussitôt met en place. Partout où il y a un chef et des exécutants, il y a de la musique. Platon ne pensa jamais à distinguer dans ses récits philosophiques la discipline et la musique, la guerre et la musique, la hiérarchie sociale et la musique. Même les étoiles : ce sont les Sirènes selon Platon, astres sonores producteurs d'ordre et d'univers. Cadence et mesure. La marche est cadencée, les coups de matraque sont cadencés, les saluts sont cadencés. La première fonction, ou du moins la plus quotidienne des fonctions assignées à la musique des *Lagerkapelle,* consista à rythmer le départ et le retour des *Kommandos.*

*

Audition et honte sont jumelles. Dans la Bible, lors du récit de la Genèse, arrivent en même temps la nudité anthropomorphe et l'audition du « bruit de Ses pas ».

Après avoir mangé le fruit de l'arbre qui dénude, le premier homme et la première femme, en même temps, entendent le bruit de Yahvé-Élohim qui se promène dans le jardin à la brise du jour et voient qu'ils sont nus et se réfugient pour dissimuler leurs corps derrière les feuilles de l'arbre qui vêt.

C'est ensemble qu'arrivent dans l'Éden la guette sonore et la honte sexuelle.

La vision et la nudité, l'audition et la honte sont la même chose.

Voir et entendre sont le même instant et cet instant est immédiatement la fin du Paradis.

*

La réalité du *Lager* et le mythe de l'Éden racontent une histoire semblable parce que le premier homme et le dernier homme sont le même. Ils découvrent l'ontologie d'un même monde. Ils exhibent une même nudité. Ils prêtent l'oreille au même appel qui fait obéir. La voix de l'éclair est la nuit foudroyante qu'apporte dans son tonnerre l'orage.

*

Le bruit de ses propres pas, telle est la première strate du silence.

*

Qu'est-ce que Dieu ? Que nous soyons nés. Que nous soyons nés d'autres que nous-mêmes. Que nous soyons nés dans un acte où nous ne figurions pas. Que nous soyons nés au cours d'une étreinte où deux autres corps que le nôtre étaient nus : que nous voulons voir.

Il se trouve que, remuant l'un vers l'autre, ils gémissent.

Nous sommes le fruit d'une secousse entre deux bassins dénudés, incomplets, honteux l'un devant l'autre, dont l'union était bruyante, rythmée, gémissante.

*

Entendre et obéir.

La première fois où Primo Levi entendit la fanfare à l'entrée du camp jouant *Rosamunda*, il eut du mal à réprimer le rire nerveux qui se saisit de lui. Alors il vit apparaître les bataillons rentrant au camp avec une démarche bizarre : avançant en rang par cinq, presque rigides, le cou tendu, les bras au corps, comme des hommes faits de bois, la musique soulevant les jambes et des dizaines de milliers de sabots de bois, contractant les corps comme ceux d'automates.

Les hommes étaient si dépourvus de force que les muscles des jambes obéissaient malgré eux à la force propre aux rythmes que la

musique du camp imposait et que Simon
Laks dirigeait.

*

Primo Levi a nommé « infernale » la
musique.

Pourtant peu coutumier des images,
Primo Levi a écrit : « Leurs âmes sont mortes
et c'est la musique qui les pousse en avant
comme le vent les feuilles sèches, et leur
tient lieu de volonté. »

Puis il souligne le plaisir esthétique
éprouvé par les Allemands devant ces cho-
régraphies matutinales et vespertinales du
malheur.

Ce ne fut pas pour apaiser leur douleur,
ni même pour se concilier leurs victimes,
que les soldats allemands organisèrent la
musique dans les camps de la mort.

1. Ce fut pour augmenter l'obéissance
et les souder tous dans la fusion non personnelle, non privée, qu'engendre toute
musique.

2. Ce fut par plaisir, plaisir esthétique
et jouissance sadique, éprouvés à l'audition
d'airs aimés et à la vision d'un ballet d'hu-

miliation dansé par la troupe de ceux qui portaient les péchés de ceux qui les humi- liaient.

Ce fut une musique rituelle.

Primo Levi a mis à nu la plus ancienne fonction assignée de la musique. La musique, écrit-il, était ressentie comme un «maléfice». Elle était une «hypnose du rythme continu qui annihile la pensée et endort la douleur».

*

J'ajoute ce que le deuxième et le cin- quième traité ont peut-être montré : la musique, fondée sur l'obéissance, dérive de l'appeau de mort.

*

La musique se tient déjà tout entière dans le coup de sifflet du SS. Elle est une puis- sance efficace, elle provoque une attitude immédiate. Comme la cloche du camp déclenche le réveil, par lequel le cauchemar onirique s'interrompt pour ouvrir au cau- chemar réel. À chaque fois le son fait «mettre debout».

La fonction secrète de la musique est convocative.

C'est le chant du coq qui fait soudain fondre en larmes saint Pierre.

*

Dans Virgile, Alecto grimpe sur le toit de l'étable et chante *(canit)* dans la corne recourbée *(cornu recurvo)* le signal *(signum)* qui assemble les pasteurs. Virgile dit que ce son est une «voix infernale» *(Tartaream vocem)*.

Tous les agriculteurs accourent en armes.

*

Comment entendre la musique, *n'importe quelle musique*, sans lui obéir?

Comment entendre la musique à partir du dehors de la musique?

Comment entendre la musique les oreilles fermées?

Simon Laks, qui dirigeait l'orchestre, n'était pas davantage lui-même à «l'extérieur» de la musique sur le prétexte qu'il la dirigeait.

Primo Levi poursuit : « Il fallait l'entendre sans y obéir, sans la subir, pour comprendre ce qu'elle représentait, pour quelles raisons préméditées les Allemands avaient instauré ce rite monstrueux, et pourquoi aujourd'hui encore, quand une de ces innocentes chansonnettes nous revient en mémoire, nous sentons notre sang se glacer dans nos veines. »

Primo Levi continue en disant que ces marches et ces chansons se sont gravées dans les corps : « Elles seront bien la dernière chose du *Lager* que nous oublierons car elles sont la voix du *Lager*. » C'est l'instant où le fredon resurgissant se métamorphose sous la forme du tarabust. Le *melos* tarabustant le rythme corporel, se confondant à la molécule sonore personnelle, alors, écrit Primo Levi, la musique annihile. La musique devient « l'expression sensible » de la détermination avec laquelle des hommes entreprirent d'anéantir des hommes.

*

Le lien entre l'enfant et la mère, la reconnaissance de l'un par l'autre puis l'acquisition de la langue maternelle se forgent au sein d'une couvaison sonore très rythmée datant d'avant la naissance, se poursuivant après l'accouchement, se reconnaissant par cris et vocalises, puis par chansonnettes et formulettes, prénoms et petits noms, phrases revenantes, contraignantes, devenant ordres.

*

L'audition intra-utérine est décrite par les naturalistes comme lointaine, le placenta éloignant les bruits du cœur et de l'intestin, l'eau réduisant l'intensité des sons, les rendant plus graves, les transportant en larges vagues massant le corps. Au fond de l'utérus règne de la sorte un bruit de fond grave et constant que les acousticiens comparent à un «souffle sourd». Le bruit du monde extérieur lui-même y est perçu comme un «ronronnement sourd, doux, et grave» au-dessus duquel s'élève le *melos* de la voix de la mère, répétant l'accent tonique, la prosodie, le phrasé qu'elle ajoute à la langue qu'elle parle. C'est la base individuelle du fredon.

*

Plotin, *Ennéades* V, 8, 30.

Plotin dit que la « musique sensible est engendrée par une musique antérieure au sensible ». La musique est liée à l'autre monde.

*

Dans le ventre de sa mère, le cœur de l'embryon permet à l'enfant de supporter le bruit du cœur de sa mère et de le transformer en son propre rythme.

*

La musique est irrésistible à l'âme. Aussi souffre-t-elle irrésistiblement.

*

Un incontournable assaut sonore prémédite la vie elle-même. La respiration des hommes n'est pas humaine. Le rythme prébiologique des vagues, avant que Pangée émerge, a anticipé le rythme cardiaque et le rythme de la respiration pulmonée.

Le rythme des marées lié au rythme nycthéméral nous a ouverts en deux. Tout nous ouvre en deux.

*

L'audition prénatale prépare la reconnaissance postnatale de la mère. Les sons familiers schématisent l'épiphanie visuelle du corps inconnu de la mère que le naissant abandonne comme une mue.

Les bras de la mère aussitôt se tendent dans le chantonnement maternel vers le cri puéril. Sans un instant de cesse ces bras viennent balancer l'enfant comme un objet qui flotte encore.

Dès la première heure les sons dans l'air font tressaillir le nouveau-né, modifient son rythme respiratoire (son souffle, c'est-à-dire sa *psychè*, c'est-à-dire son *animatio*, c'est-à-dire son âme), transforment son rythme cardiaque, lui font cligner les yeux et mouvoir de façon désordonnée tous ses membres.

Dès la première heure, l'audition des pleurs des autres nouveau-nés déclenche sa propre agitation et lui fait verser ses propres larmes.

*

Le son nous agroupe, nous régit, nous organise. Mais nous ouvrons le son en nous. Si nous portons notre attention sur des sons identiques et qui se répètent à intervalles égaux, nous ne les entendons pas à l'unité. Nous les organisons spontanément en groupes de deux ou quatre sons. Quelquefois de trois ; rarement de cinq ; jamais au-delà. Et ce ne sont pas les sons qui nous semblent se répéter alors mais ce sont les groupes qui nous paraissent se succéder à eux-mêmes.

C'est le temps lui-même qui s'agrège et se ségrège de la sorte.

*

Henri Bergson prit l'exemple de l'horloge mécanique. Mais nous groupons toujours par deux les marques sonores des secondes, comme si les horloges électriques avaient conservé en elles le fantôme de la danse d'un balancier.

213

Les hommes qui habitent la France appellent *tic-tac* ce groupe sonore. Et c'est avec sincérité et presque de l'évidence qu'il nous semble que le temps entre tic et tac est plus court qu'entre le tac qui semble terminer le double battement et le tic qui paraît commencer le groupe suivant.

Ni le groupement rythmique ni la ségrégation temporelle ne sont des données physiques.

*

Pourquoi le groupement spontané semble-t-il alors correspondre à une pulsation de l'attention ? Pourquoi ce pouls tyrannique de l'âme ? Pourquoi les hommes sont-ils présents à ce monde d'une façon qui n'est pas instantanée mais qui repose sur un minimum de simultanéité et de succession ?

Pourquoi le présent humain laisse-t-il en creux la place du langage ?

*

Les hommes entendent aussitôt des phrases. Pour eux une suite de sons forme aussitôt une mélodie. Les hommes sont les contemporains d'un peu plus que l'instant. Et c'est ainsi que le langage se dispose en eux et, aussi bien, les rend serfs de la musique. On ne peut s'empêcher de penser qu'ils marchent vers la proie sur autre chose que sur la succession d'un seul pied. Et c'est par ce « un plus qu'un seul pied » qu'ils courent sans qu'ils tombent et viennent à mimer et à accentuer et à contraindre la prédation dans la danse.

*

L'homme, pour peu qu'on le lui demande, a un mal fou à parvenir à l'arythmie. Il lui est impossible de réussir une suite de frappés la plus irrégulière possible.

Ou du moins son audition lui est impossible.

*

Dans un article publié en 1903, R. Mc Dougall proposa d'appeler « intervalle mort » le silence très particulier qui sépare à l'oreille humaine deux groupes rythmiques successifs. Le silence qui sépare ces groupes est une durée paradoxale qui naît à partir du «fini» et qui s'interrompt à partir du «commençant».

Ce silence que l'humanité entend n'existe pas.

R. Mc Dougall l'appela «mort».

*

Il n'y a pas deux «côtés» de la musique.

À la production de la musique comme à l'audition de la musique correspond cette «mort». Simon Laks ne pense pas différemment de Primo Levi. Il n'y a pas une audition sonore qui s'oppose à une émission sonore.

Il n'y a pas un maudit en face du maléfice.

Il y a une puissance qui fait simultanément retour sur elle-même et métamorphose d'une façon similaire ceux qui la produisent en les plongeant dans la même obéissance rythmique, acoustique et corporelle. Simon Laks est mort à Paris le 11 décembre 1983. Primo Levi s'est donné la mort le 11 avril 1987. Simon Laks a écrit très clairement : «Il ne manque pas de publications qui déclarent, non sans une certaine emphase, que la musique soutenait les prisonniers décharnés et leur donnait la force de résister. D'autres affirment que cette musique produisait l'effet inverse, qu'elle démoralisait les malheureux et précipitait leur fin. Pour ma part je partage cette dernière opinion. »

*

Dans *Musiques d'un autre monde*, Simon Laks rapporte cette histoire.

En 1943, dans le camp d'Auschwitz, pour la veillée de Noël, le commandant Schwarzhuber donna l'ordre aux musiciens du *Lager* d'aller jouer des chants de Noël allemands et polonais devant les malades de l'hôpital pour femmes.

Simon Laks et ses musiciens se rendirent à l'hôpital pour femmes.

Dans un premier temps les pleurs saisirent toutes les femmes, particulièrement les femmes polonaises, jusqu'à former un sanglot plus sonore que la musique.

Dans un second temps, aux larmes succédèrent les cris. Les malades criaient : « Arrêtez ! Arrêtez ! Fichez le camp ! Du balai ! Laissez-nous crever en paix ! »

Il se trouva que Simon Laks était le seul des musiciens à comprendre le sens des mots

217

polonais que les femmes malades hurlaient. Les musiciens regardèrent Simon Laks qui leur fit un signe. Et ils se replièrent.

Simon Laks dit qu'il n'avait jamais pensé jusque-là que la musique pût faire si mal.

*

La musique fait mal.

*

Polybe a écrit : « Il ne faut pas croire Éphore quand il dit que la musique a été apportée aux hommes comme une tromperie de charlatan. » Éphore n'avait pas usé de ces termes. Il avait écrit : « La musique a été faite pour charmer et ensorceler. » Ce que Polybe appelle « charlatanerie de la musique » renvoie à son origine initiatique, zoomorphe, rituelle, caverneuse, chamanique, ivre, délirante, omophagique, enthousiaste.

*

Gabriel Fauré disait de la musique que son écriture comme son audition entraînaient un « désir des choses inexistantes ».

La musique est le règne de «l'intervalle mort».

C'est de l'irréversible qui visite. C'est du révolu qui se «révolve». C'est du nulle part qui vient ici. C'est le retour du sans retour. C'est la mort dans le jour. C'est l'asème dans le langage.

*

Dans Platon, *République III*, 401 d.

La musique pénètre à l'intérieur du corps et s'empare de l'âme. La flûte induit dans les membres des hommes un mouvement de danse suivi de déhanchements scabreux qui sont irrésistibles. La proie de la musique est le corps humain. La musique est intrusion et capture de ce corps. Elle plonge dans l'obéissance celui qu'elle tyrannise en le prenant au piège de son chant. Les Sirènes dévient l'*odos* d'*Odysseus* (l'ode en langue grecque veut dire en même temps le chemin et le chant). Orphée, le père des chants, amollit les pierres et domestique les lions qu'il attelle à des charrues. La musique capte, elle captive dans le lieu où elle résonne et où l'humanité piétine vers son rythme, elle hypnotise et fait déserter l'homme de l'exprimable. Dans l'audition, les hommes sont détenus.

*

Je m'étonne que des hommes s'étonnent que ceux d'entre eux qui aiment la musique la plus raffinée et la plus complexe, qui sont capables de pleurer en l'écoutant, soient capables dans le même temps de la férocité. L'art n'est pas le contraire de la barbarie. La raison n'est pas la contradictoire de la violence. On ne saurait opposer l'arbitraire à l'État, la paix à la guerre, le sang versé à l'affût de la pensée, parce que l'arbitraire, la mort, la violence, le sang, la pensée ne sont pas libres d'une logique qui demeure une logique même si elle passe la raison.

Les sociétés ne sont pas libres de l'entropie chaotique qui fit leur source : elle fera leur destin.

La sidération de l'audition donne à la mort.

*

La chanson-appeau permet de tirer et de tuer. Cette fonction persiste dans la musique la plus savante.

Lors de l'extermination des millions de Juifs, c'est délibérément que l'organisation des camps recourut à cette fonction. Wagner, Brahms, Schubert furent ces Sirènes. La réaction de Vladimir Jankélévitch s'interdisant l'écoute et l'interprétation de la musique allemande était nationale.

Ce n'est peut-être pas la nationalité des œuvres qui doit être sanctionnée dans la musique, mais l'origine de la musique elle-même. La musique originaire elle-même.

*

Jadis les philologues affirmaient que *bell* dérivait de *bellum* — que la cloche sonore et pétrifiante dérivait de la guerre.

R. Murray Shafer rapporte que durant la Seconde Guerre les Allemands confisquèrent trente-trois mille cloches en Europe et les fondirent pour en faire des canons. La paix revenue, les temples, les cathédrales et les églises réclamèrent leurs biens; les canons de la défaite leur furent livrés. Pasteurs et prêtres les fondirent pour en refaire des cloches.

La cloche dérive de l'animal. Le mot anglais de cloche vient de *bellam*, beugler. La cloche est le beuglement des hommes.

*

Goethe, âgé de soixante-quinze ans, a écrit : « La musique militaire me déplie comme un poing qu'on ouvre. »

*

Il y a dans le cloître de San Marco à Florence une cloche intruse.

C'est une cloche de bronze au bois rompu, noir et rouge, posée à même le sol, devant la porte de la salle du Chapitre, dans la cour si paisible du monastère.

On l'appelle la *Piagnona*. Ce fut la cloche qui sonna le rassemblement de la foule qui prit d'assaut le couvent pour s'emparer de Savonarole.

En signe d'expiation, la cloche fut exilée à San Salvatore al Monte et fustigée tout le long du chemin.

*

La cour du tribunal de Nuremberg aurait dû demander de faire battre en effigie la figure de Richard Wagner, une fois l'an, dans toutes les rues des cités allemandes.

*

La musique patriotique est une empreinte infantile ; elle entraîne comme un sursaut bouleversant, un frisson hérissant le dos, remplissant d'émotion, d'une surprenante adhésion.

Kasimierz Gwizdka a écrit : « Quand les prisonniers du *Konzentrationslager* d'Ausch-witz, épuisés par leur journée de labeur, tré-buchaient dans les colonnes en marche et qu'ils entendaient au loin l'orchestre qui jouait près de la grille, cela les remettait d'aplomb. La musique donnait du courage et des forces extraordinaires pour survivre. »

Romana Duraczowa a dit : « Nous rentrons du travail. Le camp se rapproche. L'or-chestre du camp de Birkenau joue des fox-trot à la mode. L'orchestre nous échauffe la

bile. Comme nous haïssons cette musique !
Comme nous haïssons ces musiciennes ! Ces
poupées sont assises, toutes en robe bleu
marine avec un petit col blanc. Non seulement elles sont assises mais elles ont droit à
des chaises ! Cette musique est censée nous
ragaillardir. Elle nous mobilise comme le
son de la trompette pendant la bataille.
Cette musique stimule même les canassons
en train de crever qui ajustent leurs sabots
sur le rythme de la danse qu'elles sont en
train de jouer. »

*

Pindare, *Pythique*, I, 1.
« Lyre d'or, à qui obéit le pas. »

*

Simon Laks a écrit qu'il lui semblait que
l'audition de la musique cxcrçait un effet
déprimant sur le malheur extrême. Quand
il la dirigeait, il lui semblait qu'elle ajoutait
la propre passivité qu'elle induisait à la pros-
tration physique et morale à laquelle la faim
et l'odeur de la mort vouaient les corps des

autres détenus. Il précise : « Certes pendant les concerts dominicaux certains des spectateurs qui nous entouraient prenaient plaisir à nous écouter. Mais c'était un plaisir passif, sans participation, sans réaction. Il y en avait aussi qui nous maudissaient, qui nous insultaient, qui nous regardaient de travers, qui nous considéraient comme des intrus qui ne partageaient pas leur sort. »

*

Thucydide, reprenant l'ouverture de la première *Pythique* de Pindare, assignait la marche au pas comme fonction à la musique : « La musique n'est pas destinée à inspirer les hommes dans la transe mais à leur permettre de marcher au pas et de rester en ordre serré. Sans musique, une ligne de bataille est exposée à se désorganiser au moment où elle s'avance pour la charge. » Elias Canetti répéta que l'origine du rythme était la marche sur deux pieds, donnant lieu à la métrique des poèmes anciens. La marche humaine sur deux pieds poursuivant le piétinement des proies et des troupeaux de rennes, puis de bisons, puis de chevaux. La trace des pieds des animaux lui paraissait être aussi la première écriture déchiffrée par l'homme qui les poursuit. La trace est la notation rythmique du bruit. Piétiner le sol en masse est la première danse et elle n'est pas d'origine humaine.

De nos jours encore : c'est l'entrée de la masse humaine piétinant en masse la salle de concert ou de ballet. Puis, tous se taisent, et s'agrègent en se privant de tous les bruits corporels. Puis, tous se frappent les mains rythmiquement, criant, faisant un grand vacarme rituel et enfin, se levant tous ensemble, piétinent de nouveau en masse la salle où s'est produite la musique.

La musique est liée à la meute de mort. Talonner : c'est ce que découvrit Primo Levi découvrant pour la première fois la musique jouée au *Lager*.

*

C'est le mot de Tolstoï : «Là où on veut avoir des esclaves, il faut le plus de musique possible.» Ce mot avait frappé Maxime Gorki. Il est cité dans les *Entretiens à Iasnaïa Poliana*.

*

L'unité de la meute funèbre est son piétinement. La danse ne se discerne pas de la
musique. Le cri efficace, le sifflet — résidu de
l'appeau — accompagnent le talonnement
meurtrier. La musique agrège les meutes
comme l'ordre les met debout. Le silence
décompose les meutes. Je préfère le silence à
la musique. Le langage et la musique appar-
tiennent à une généalogie qui persiste toujours et qui peut soulever le cœur.

L'ordre est la souche la plus ancienne du
langage : les chiens obéissent aux ordres
comme les hommes. L'ordre est une sentence de mort que les victimes comprennent
jusqu'à l'obéissance. Domestiquer et ordon-
ner sont la même chose. Les enfants humains
sont tout d'abord des harcelés d'ordres,
c'est-à-dire des harcelés de cris de mort ornés
de langage.

*

L'esclave n'est jamais un objet mais toujours un animal. Le chien n'est plus tout à

fait un animal mais déjà un domestique parce qu'il est obéissant : il entend, il répond à la voix-appeau, il semble comprendre le sens alors qu'il ne fait que subir le *melos*.

*

La musique méduse l'âme et scande les actes comme les signaux que Pavlov adressait à des chiens.

La baguette du chef d'orchestre fait taire la cacophonie des instruments ; elle installe le silence qui attend la musique ; elle déclenche soudain sur ce fond de silence de mort le surgissement de la première mesure.

Le troupeau d'hommes ou d'animaux, ou même de chiens, est toujours sauvage.

Il n'est domestique que quand il répond aux ordres, se dresse au sifflet et s'agglutine dans les salles et paie.

*

Les enfants et les chiens font des bonds sur place quand ils se trouvent à la limite des vagues. Ils crient et jappent spontanément à cause du bruit et du mouvement de la mer.

*

Le chien tourne la tête en direction du son inaccoutumé.

Il dresse les oreilles.

Il se tient en arrêt, la truffe, le regard, les oreilles dirigés vers le son étrange.

*

Le chef d'orchestre fait tout le spectacle de ce à quoi l'auditeur obéit. Les auditeurs s'associent pour voir un homme debout, seul, surélevé, qui fait parler et taire à volonté un troupeau qui obéit.

Le chef fait la pluie et le beau temps avec une baguette. Il a un rameau d'or au bout des doigts.

Un troupeau qui obéit, cela signifie une meute d'animaux domestiqués. Une meute d'animaux domestiqués, cela définit une société humaine, c'est-à-dire une armée que la mort de l'autre fonde.

Ils marchent à la baguette.

Une meute humaine s'agglutine pour voir une meute domestiquée. Chez les Bororos, c'est le meilleur chanteur qui devient le chef du groupe. L'ordre et le chant efficace ne se distinguent pas. Le maître du corps social est le *Kappelmeister* de la nature. Tout chef d'orchestre est dompteur, est Führer. Tout homme qui applaudit avance les mains devant son visage, puis talonne, puis crie.

Enfin la meute fait revenir le chef et exulte s'il consent à apparaître.

*

À Theresienstadt, H. G. Adler ne supportait pas qu'on chantât des airs d'opéra dans le camp.

À Theresienstadt, Hedda Grab-Kernmayr a dit : « Je ne comprends pas qu'au camp Gédéon Klein ait composé un *Wiegenlied* (une berceuse). »

*

À peine arrivée au camp de Theresienstadt, Hedda Grab-Kernmayr commença à chanter, le 21 mars 1942, les *Chants bibliques* de Dvořák. Le 4 avril, ce fut le Programme d'adieu de Pürglitzer. Le 3 mai, elle chanta la *Berceuse du ghetto* de Carlo Taube, puis le 5 juin, puis le 11 juin dans la cour des bâtiments Hambourg. Elle participa à la première de *La Fiancée perdue* le 28 novembre. Puis ce furent *Le Baiser* en 1943, *Carmen* en 1944. Le 24 avril 1945 une épidémie de typhus se déclara. Le 5 mai, les SS se retirèrent. Le 10, l'Armée rouge entra dans le camp et la quarantaine commença. Durant les mois de juin et de juillet 1945, les prisonniers purent quitter Theresienstadt.

En sortant du camp, plus jamais elle ne chanta. Elle émigra dans l'ouest des États-Unis. Elle ne voulait plus parler de la musique. À Marianne Zadikow-May, à Eva Glaser, au docteur Kurt Wehle de New York, au docteur Adler de Londres, au violoniste Joza Karas, elle refusa de parler de musique.

*

Une des choses les plus difficiles, des plus profondes, des plus désorientantes qui aient été exprimées sur la musique qui a pu être composée et qui a pu être jouée dans les camps de la mort a été dite par le violoniste Karel Fröhlich, qui survécut à Auschwitz, dans un entretien enregistré à New York par Josa Karas le 2 décembre 1973. Karel Fröhlich dit soudain que dans le camp-ghetto de Theresienstadt étaient réunies les « conditions idéales » pour composer de la musique ou pour l'interpréter.

L'insécurité y était absolue, le lendemain était promis à la mort, l'art était la même chose que la survie, l'épreuve du temps avait à faire l'épreuve du passage du temps le plus interminable et le plus vide. À toutes ces conditions, Karel Fröhlich ajoutait encore un « facteur essentiel », impossible aux sociétés normales :

« Nous ne jouions pas réellement pour un public, puisque celui-ci disparaissait continuellement. »

Les musiciens jouaient pour des publics aussitôt morts qu'ils allaient eux-mêmes rejoindre en montant dans le train de façon imminente. Karel Fröhlich disait :

« C'est ce côté à la fois idéal et anormal qui était insensé. »

Viktor Ullmann pensait comme Karel Fröhlich, ajoutant pour sa part la concision mentale où l'impossibilité de noter sur du papier les sons qui obsèdent l'esprit place le compositeur moderne. Viktor Ullmann mourut à Auschwitz, dès son arrivée au camp, le 17 octobre 1944.

*

La dernière œuvre composée par Viktor Ullmann dans le camp est intitulée *Septième sonate*. Il la dédia à ses enfants Max, Jean et Felice. Il la data du 22 août 1944. Puis, poursuivant la réflexion de Karel Fröhlich, Viktor Ullmann a porté au bas de la première page un copyright sarcastique. Il y a un humour ultime. L'humour ultime est le langage à l'instant où il passe sa propre limite.

«Les droits d'exécution sont réservés par le compositeur jusqu'à sa mort.»

Res, Eochaid, Eckhart

Res était le vacher de Bahlisalp. L'été, il montait à l'alpage et passait ses nuits dans la montagne. Chaque soir, il avait soin de bloquer la serrure de bois qui était à la porte de sa cabane. Un jour, après qu'il eut rompu les flammes, qu'il eut éparpillé les tisons, qu'il les eut recouverts avec les cendres et qu'il se fut endormi, soudain, il vit autour du foyer, dans une grande clarté, un géant aux mains épaisses et aux joues rouges, un valet à la figure pâle et qui portait des seaux de lait, un chasseur vert qui tenait dans sa main un rameau.

Le valet à la figure pâle tendit un à un trois seaux pleins de lait au géant. Puis, pendant que le géant et le chasseur vert fabriquaient le fromage, le jeune homme pâle alla à la porte de la cabane qui était ouverte, s'adossa à la poutre de gauche et joua du cor alpin pour le plus grand plaisir de Res et de son troupeau.

Alors que le géant aux joues colorées finissait de verser le petit-lait dans les seaux, il se trouva que le petit-lait prit une couleur rouge comme le sang dans le premier récipient.

Il devint vert comme les forêts dans le deuxième.

Il devint blanc comme la neige dans le troisième.

Alors le géant cria après Res. Il le somma de choisir entre les seaux. Il dit en parlant très fort :

«Prends le rouge, je te le donne. Bois-le. Tu deviendras fort comme moi. Personne ne se dressera devant toi qu'il te vainque. Tu seras l'homme le plus puissant de la montagne et tu seras entouré de cent taureaux et de toutes leurs vaches. »

Le chasseur vert prit la parole à son tour et dit, tranquillement, en s'adressant à Res :

«Qu'est-ce que la force ? Qu'est-ce qu'un troupeau à soigner, à traire, à mener, à faire saillir, à faire vêler et à nourrir l'hiver ? Bois dans le seau vert et ta main droite sera en or tandis que tout ce que saisira l'autre sera en argent. L'or et l'argent prennent moins de place dans la poche qu'un troupeau dans l'alpage. Tu seras libre d'aller où tu veux dans le monde. Tu seras riche. »

Et, finissant de parler, le chasseur lança aux pieds de Res un tas d'or et d'argent.

Res hésitait à répondre au géant et au chasseur vert. Perplexe, il se tourna vers le valet qui se tenait appuyé à la poutre gauche de la porte et qui n'avait pas encore parlé. Il tenait son cor alpin entre ses mains. Il tourna son visage blanc vers Res. Il leva ses yeux bleus vers lui. Il quitta le pas de la porte. Il s'approcha de Res. Il dit :

« Ce que j'ai à t'offrir est bien mince et ne soutient en aucune façon la comparaison avec cette force et cette richesse qui te sont proposées. Moi, je peux t'apprendre à jodler les chants. Je peux t'enseigner aussi à jouer du cor alpin. Les bêtes, les hommes, leurs épouses, leurs enfants t'obéiront. Même les bancs et les tables danseront à l'intérieur de leurs cabanes. Les taureaux se dresseront sur leurs pattes de derrière et sauteront les haies quand tu sonneras le cor. Tout cela est contenu dans ce seau rempli de petit-lait blanc, tel que tu en bois tous les jours. »

Res, le vacher de Bahlisalp, choisit le seau blanc avec le don qui lui était attaché. C'est ainsi que la musique vint aux hommes, la pâleur et l'obéissance.

*

Le premier roi qui régna sur l'Irlande s'appelait Eochaid et fut surnommé Feidleach. Son peuple pensait qu'il avait été surnommé Feidleach parce qu'il était *feidil*, ce qui veut dire juste. Mais le sobriquet avait une tout autre signification.

Autrefois Eochaid avait quatre fils. Quand il fut vieux, ses quatre enfants se liguèrent contre lui. Ils se battirent contre lui au lieu-dit Druim Criach. Tout d'abord Eochaid chercha à conclure auprès de ses fils une trêve. Mais seul le plus jeune l'accepta et quitta Druim Criach, ne voulant pas se battre contre ses frères. Les trois autres repoussèrent la convention. Aussitôt Eochaid maudit ses trois fils en disant :

« Qu'ils soient comme leur nom ! »

Alors Eochaid livra la bataille et tua sept mille guerriers, bien qu'il n'eût, quant à lui, que trois mille hommes sous ses ordres. Ses trois fils tombèrent dans la bataille. Puis, tous les trois ayant été décapités, les trois têtes furent portées à Druim Criach avant que le jour finît. Eochaid les regarda et ne dit rien jusqu'à ce que la nuit vînt et les ensevelît tous les quatre — les trois enfants et leur père — dans l'obscurité. De là vient le surnom de Feidleach, qui veut dire *fedil uch*, long soupir, parce que après que ses fils eurent été tués à la bataille de Druim Criach, jamais la peine ne sortit de son cœur.

Aucun guerrier ne douta de la souffrance que le roi ressentit devant les têtes exposées à son regard.

Tous l'admirèrent, car le roi ne s'était pas débarrassé de sa douleur.

Parce qu'il n'avait pas émis la plus petite plainte, on le surnomma Long Soupir.

*

Dire, c'est perdre.

Il désira garder ses enfants dans son cœur.

Grotte nocturne, gueule animale, bouche humaine sont le même.

Chambre aux peintures, chambre-masque, chambre d'initiation, chambre cannibale,

chambre interdite, chambre secrète sont
le même.

*

Jusqu'à sa mort, y compris à l'instant de sa
mort, la souffrance qu'Eochaid avait éprou-
vée dans le crépuscule qui succéda à la
bataille de Druim Criach, quand la nuit se
mit à descendre sur les têtes tranchées de
ses trois fils, ne franchit pas ses lèvres.

*

Long soupir parce qu'il le retint jusque
chez les morts, où il les rejoignit.

*

Long soupir débordant les lèvres, immense
soupir épanché, sanglot infini qui ne retient
rien, qui lâche toute la souffrance au point
de la héler et de l'aimer, telle se présente,
comme l'antonyme du roi Eochaid, la totalité
de la musique européenne du XIXe siècle.
J'appelle musique romantique européenne
tout ce qui fut écrit de 1789 à 1914. Cette

musique est devenue intégralement inaudible, sentimentale, scandaleuse, désormais planétaire, multipliée électriquement, essentiellement belliqueuse. Les larmes de la nostalgie à l'endroit de la terre des pères coulent des yeux de Frédéric Chopin, de ceux de Richard Wagner, de ceux de Giuseppe Verdi. Qu'est-ce qu'a inventé l'Europe romantique ? La guerre épouvantable. Le nationalisme fut la grande revendication des Romantiques et ils le conçurent comme un droit à la guerre considérée comme *feidil*, c'est-à-dire juste.

La légende venue du livre des rois de l'Irlande ancienne dit que *feidleach* ne veut pas dire juste mais *fedil uch*, long soupir.

Soudain, la guerre a été définie par les Romantiques comme une libération.

*

Maître Eckhart commente saint Augustin.
Saint Augustin avait écrit, à la fin du IVe siècle, douze ans avant que Rome fût envahie, dans le livre IV des *Confessions*, évoquant les années où il enseignait la rhétorique à Carthage : « Mon âme, sois sourde dans l'oreille qui appartient à ton cœur. »

Eckhart le Thuringien s'interroge dix siècles plus tard : «Comment devenir sourd *in aure cordis* (dans l'oreille du cœur) ?» Il ajoute : «Je sème des épines et des ronces.»

Puis Eckhart écrit : «Je recommande la désertion devant toutes choses qui sonnent. Isaïe a dit : "La voix crie dans le désert." As-tu trouvé en toi l'empreinte du désert ?»

Eckhart commente : «Aussi, pour que la voix se fasse entendre et crie dans l'oreille de ton cœur, fais-toi au cœur de toi le désert où elle crie. Deviens désert. Écoute le désert du son.»

C'est le premier argument que Eckhart avance.

*

Eckhart propose un deuxième argument : «Entendre suppose le temps. Si entendre suppose le temps, alors entendre Dieu, c'est n'entendre rien.

«N'entends rien.

«Sépare-toi de la musique.»

*

Eckhart propose un troisième argument : « Il y a des gens qui vont sur la mer avec un petit vent et traversent la mer : ainsi font-ils mais ils ne la traversent pas.

« La mer n'est pas une surface. Elle est de haut en bas l'abîme.

« Si tu veux traverser la mer, naufrage. »

Désenchanter

La demeure des bruits et des sons délimite dans l'espace une mince pellicule circulaire céleste dont l'épaisseur est inférieure au centième du rayon de la terre. Cette enveloppe comprend 1. la surface des terres émergées, 2. une fraction de la profondeur des mers, 3. la région aérienne qui borde ces deux éléments.

L'ensemble des sons et des bruits propres aux vents, aux volcans, aux océans et à la vie qui est apparue sur les terres qui se sont élevées au-dessus des eaux est d'une telle diversité qu'elle a contraint au chant spécifique tous les auditeurs du monde.

La demeure des voix animales dans le monde est mince.

La demeure des langues humaines dans le monde est minuscule.

*

Dans le monde européen jusqu'en 1914, le coq disait l'aube, le chien l'étranger, le cor la chasse, le carillon de l'église marquait l'heure, la trompe la diligence, le glas la mort, le charivari le remariage des veuves, les flûtes et les tambours le sacrifice d'une effigie de carnaval. Les rares violons des musiciens ambulants signalaient la fête annuelle et entouraient les baraques des jeux datant de la préhistoire.

Pour écouter de la musique écrite, il fallait attendre le dimanche, lors de la grand-messe, lorsque les vents des orgues se mettaient à souffler les accords jusqu'à les faire rebondir le long de la nef.

Le dos de l'auditeur frémissait tout à coup.

Ce qui était rareté est devenu bien plus qu'une fréquence. Ce qui était le plus extraordinaire est devenu un siège qui assaille sans finir la ville comme la campagne. Les hommes sont devenus les assaillis de la musique, les assiégés de la musique. La musique tonale et orchestrale est devenue le

tonos social plus que les langues vernacu-
laires.

C'est ainsi qu'à la suite de la guerre totale
du IIIe Reich allemand et en conséquence de
la technologie de la reproduction des *melos*,
aimer ou haïr la musique renvoient pour
la première fois à la violence propre, originaire, qui fonde la maîtrise sonore.

*

Le fascisme est lié au haut-parleur. Il se
multiplia à l'aide de la « radio-phonie ». Puis
il fut relayé par la « télé-vision ».

Au cours du XXe siècle, une logique his-
toriale, fasciste, industrielle, électrique —
quelle que soit l'épithète qu'on veuille rete-
nir — s'est emparée des sons menaçants. La
musique, par la multiplication non de son
usage (son usage au contraire s'est raréfié)
mais de sa reproduction comme de son
audience, a désormais franchi la frontière
qui l'opposait au bruit. En ville, la diffusion
des mélodies a engendré des réactions de
phobies, dégénérant de façon héroïque sous
forme de meurtres à la carabine.

À la campagne, la rareté des agressions

(avions, tracteurs, scies électriques, détona-
tions des fusils, motocyclettes tout terrain,
perceuses et visseuses toutes cloisons, ton-
deuses à gazon, bennes à ordures, postes de
télévision ou tourne-disques même situés à
plus d'un kilomètre, portés par bouffées par
le vent) permet parfois de recomposer peu à
peu la musique comme un non-bruit.

C'est à la campagne qu'il m'arrive de
rejouer avec plaisir, quelques instants, de
cette chose ancienne, exceptionnelle, convocative, dépossédante, fascinante qui avait
nom la « musique ».

*

La musique depuis la Seconde Guerre
mondiale est devenue un son non désiré,
une *noise*, pour reprendre un ancien mot de
notre langue.

*

Même les réservoirs de silence que consti-
tuaient les lieux de prière dans le monde
occidental, particulièrement les églises et les
cathédrales chrétiennes de rite catholique,

ont été dotés de bandes sonores qui cherchent à accueillir le visiteur et à lui éviter
l'angoisse du silence ainsi que, ce qui est
plus paradoxal, pour l'arracher à l'éventua-
lité de la prière.

*

Hésychius de Batos a dit : « La prière, c'est
la réflexion qui s'immobilise. »

Le moine du désert a écrit encore : « La
prière est une bête sauvage immobile encer-
clée par les chiens. »

Hésychius a dit enfin : « La prière, c'est la
mort qui veille dans son silence. »

*

Les ascètes du désert appelaient « chanter
avec le tambourin et la harpe » le fait de
superposer le rythme respiratoire au battement du cœur lors de la prononciation lita-
nique du nom secret de Jésus *(Ichtys)*. Pour
justifier l'usage incessant de la litanie, ils
disaient : « Au-delà du sens est le corps du
verbe. »

Au-delà de ce qui est sémantique séjourne

le corps du langage : c'est la définition de la musique.

*

Maxime le Confesseur a écrit : « La prière est la porte où le verbe passe, se met nu et s'oublie. »

*

Quand la musique était rare, sa convocation était bouleversante comme sa séduction vertigineuse. Quand la convocation est incessante, la musique devient repoussante et c'est le silence qui vient héler et devient solennel.

Le silence est devenu le vertige moderne. De la même façon qu'il constitue un luxe exceptionnel dans les mégapoles.

Le premier qui l'ait ressenti est Webern — mort d'une détonation américaine.

La musique qui se sacrifie elle-même attire désormais le silence comme l'appeau l'oiseau.

*

Que veut dire désenchanter ?

Soustraire à la puissance du chant. Arracher l'enchanté à l'obéissance maléficiante. Exorciser l'esprit mauvais, le mal qui est la souillure de la mort. Le choix qui s'offre au chaman est simple : soit il rend intenable aux esprits le corps où ils ont élu demeure et qu'ils ont rendu malade. Soit il les appâtent pour qu'ils sortent.

Désenchanter, c'est faire mal au mal. C'est faire venir l'esprit dehors. L'enchanter ailleurs, le fixer sur autre chose.

*

Au XVIIIe siècle, Antoine Galland emploie toujours « enchanté » pour « déprimé ». La dépression est un maléfice — que ce soit Kirkè l'Épervière ou les Sirènes qui le lancent. La dépression nerveuse est encore à ses yeux un enchantement qu'il faut « désenchanter ».

*

L'homme cesse d'être soumis à une obéissance physique aux sons de la nature. Il s'est soudain soumis à une obéissance sociale à des mélodies européennes nostalgiques électrifiées.

*

Les anciens Chinois étaient fondés à dire : « La musique d'une époque renseigne sur l'état de l'État. »

*

Désensorceler nos sociétés de leur obéissance. Le goût de l'ordre et de l'assujettissement dans nos sociétés a tourné à l'hystérie. Les guerres les plus cruelles sont devant nous. Elles seront les contreparties de plus en plus effroyables, le paiement sacrificiel de la protection sociale, médicale, juridique, morale et policière des temps de paix.

*

La musique multipliée à l'infini comme la peinture reproduite dans les livres, les magazines, les cartes postales, les films, les CD-ROM, se sont arrachées à leur unicité.

Ayant été arrachées à leur unicité, elles ont été arrachées à leur réalité. Ce faisant, elles se sont dépouillées de leur vérité. Leur multiplication les a ôtées à leur apparition. Les ôtant à leur apparition, elle les a ôtées à la fascination originaire, à la beauté.

Ces anciens arts sont devenus des scintillations éblouissantes de miroirs, un chuchotement d'échos sans source.

Des copies — et non des instruments magiques, des fétiches, des temples, des grottes, des îles.

Le roi Louis XIV n'écoutait qu'une seule fois les œuvres que Couperin ou que Charpentier proposaient à son attention dans sa chapelle ou dans sa chambre. Le lendemain, d'autres œuvres étaient prêtes à sonner pour la première et la dernière fois.

Comme ce roi appréciait la musique écrite, il lui arrivait de demander à entendre deux fois une œuvre qu'il avait particulièrement appréciée. La cour s'étonnait de sa demande et la commentait. Les mémorialistes en portaient mention dans leurs livres comme d'une singularité.

*

L'occasion de la musique, pendant des millénaires, fut aussi singulière, intransportable, exceptionnelle, solennelle, ritualisée que pouvaient l'être une assemblée de masques, une grotte souterraine, un sanctuaire, un palais princier ou royal, des funérailles, un mariage.

*

La haute-fidélité est devenue la fin de la musique savante écrite. On écoute la fidélité matérielle de la reproduction, et non plus la sonnerie stupéfiante du monde de la mort. Une simulation excessive du réel a supplanté le son réel qui se développe et s'engloutit dans l'air réel. Les conditions du concert et du direct choquent de plus en plus l'auditeur dont l'érudition est devenue aussi technologique que maniaque.

C'est l'audition de l'acoustique. C'est l'audition de ce qu'on maîtrise, dont on peut augmenter ou diminuer le volume, qu'on peut interrompre, ou dont on peut au doigt et à l'œil déclencher la toute-puissance.

À l'opposé des usages de notre temps, François Couperin disait employer faute de mieux (faute d'avoir ramené l'instrument magique du monde des morts, c'est-à-dire du pays où le soleil sombre, c'est-à-dire de la pointe extrême, de la *lingua* extrême de la terre où tout ce qui est visible s'éteint) le clavecin. Il affirmait qu'il entendait la musique en l'écrivant au-delà de ce que l'instrument pouvait sonner dans l'espace.

Il jugeait que tout instrument était par essence inapte, plus encore qu'incomplet.

*

Dans le monde antique, la statue de Memnon, en quartzite rose, bien qu'elle fût brisée, faisait entendre encore son chant au lever du soleil. Tous les Grecs et tous les Romains traversaient la mer pour entendre le dieu de pierre que vénéraient les habitants de l'Égypte. Septime Sévère la fit réparer. Elle n'émit plus aucun chant.

*

La durée du microsillon de gomme-laque (trois minutes) a imposé à la musique moderne sa brièveté harassante.

*

La prétention de la musique à l'audio-analgésie, la désassujettissant à la prédation écrite, l'a restituée à l'hypnose.

Paradoxalement les vibrations produites par les bruits à basse fréquence — telle jadis la bombarde des orgues — propres à l'orchestre symphonique et à la musique « techno » à amplificateurs ont fait basculer une part de l'audition dans la douleur.

*

La basse Alberti décomposa l'accord en le faisant ronfler ou perler sous la mélodie comme un bruit océanique et hypnotique. La basse Alberti est devenue insupportable.

*

Le déjà chanté enchante le vieillard. Les vieillards ne sont que du déjà chanté. Ce ne sont plus des hommes mais des refrains. Jamais un siècle n'a à ce point radoté la musique qui le précède que ce siècle.

*

La voix du muezzin contraignit les Juifs comme le carillon de la grand-messe les Musulmans.

Il n'y a que les athées à prôner le silence qu'ils ne peuvent imposer.

*

Je n'aurais sans doute pas eu de goût pour l'olifant de Roland mais je déteste la sonnerie du téléphone.

*

C'est le mot du Cusan : «Nous sommes comme le bois vert. Le feu en nous émet plus de fumée qu'il ne produit de lumière. Il craque plus qu'il ne jette de flammes et ne chauffe. L'humanité est plus proche des souffrances de l'audition que de la vision angélique.»

*

Pour la première fois, depuis le commencement du temps historique, c'est-à-dire narratif, des hommes fuient la musique.

*

Je fuis la musique infuyable.

*

La sonate de la maison ancienne, ignorant les générations, est d'une lenteur qui passe la mémoire de ses habitants successifs. Le plancher gémit. Les persiennes battent. Chaque escalier a sa clé. La porte de l'armoire craque et le ressort des vieux divans de cuir répond. Tous les bois de la maison, quand l'été les a desséchés, assemblent un instrument de musique à la fois régulier et désordonné, qui interprète une composition de perdition, travaillée par une destruction d'autant plus menaçante qu'elle est effective, même si sa lenteur ne la rend jamais entièrement perceptible aux oreilles de ses habitants humains.

La maison ancienne chante un *melos* qui sans être divin n'est pas à l'échelle de ceux qui y ont été élevés ou qui y sont morts et que l'on a connus, et qui n'ont fait qu'y ajouter leurs chants à l'aube, ou bien le soir. C'est une lente mélopée qui parle à la famille comprise comme une masse de plusieurs générations, en acte, qu'aucun de ses éléments forfaitaires ni de ses molécules privées et provisoires ne saisit vraiment, et qui gémit sans finir sur sa propre ruine qu'elle annonce.

*

Quand les mots adaptés à un air mélodique fixe se sont-ils séparés des mots adaptés aux seules règles d'une langue ?

La parole, le chant, le poème et la prière sont tardifs.

Il y a – 20 000 années les petites meutes d'hommes qui chassaient, peignaient et modelaient des formes animales chantonnaient de courtes formules, exécutaient de la musique à l'aide d'appeaux, de résonateurs et de flûtes fabriquées dans des os à moelle et dansaient leurs récits secrets en revêtant les masques de leurs proies aussi sauvages qu'eux.

*

Vimalakirti vivait au temps du Bouddha et Bouddha vivait au temps du grand Cyrus. Alors Athènes n'avait pas encore fondé les concours tragiques des Dionysies. Eschyle était un tout petit enfant. Vimalakirti habitait Vaisali. Il était riche. Un jour qu'un moine mendiant lui en faisait le reproche, le sage marchand répondit que l'illusion n'était pas moindre dans un affreux ermitage que dans un beau palais.

Laïc, il surpassait les moines dans la compréhension. Il disait :

«Ni l'habit blanc de laïc ni la *kesa* du moine ne se voient parce que partout tout est invisible.

«Auprès du dieu il n'y a pas plus de statue qui se dresse que de musicien qui chante. Quand il accorde les trois cordes de son luth, rien n'a jamais sonné. Partout tout est inaudible.

«Je ne connais pas de statue dans le temple parce qu'il n'y a aucune apparition pour une chose aussi invisible. Je ne connais pas de voix pour le prêche car il n'y a pas de prédication pour une chose si silencieuse. Il n'y a aucun chemin. »

*

Le marchand Vimalakirti disait :

« Le mot auditeur est une affirmation gratuite. Où vois-tu un auditeur ?

« Il n'y a pas de langage qui nous parle. Il n'y a pas de silence qui le taise. »

*

Le marchand Vimalakirti disait :

« Où est la lignée du triple joyau ? Elle est cette balle rouge que poursuit cet enfant.

« Où est la statue de Bouddha ? La statue du Délivré est comme cet étron qui sort de cette femme accroupie devant le fourré et dont les plis du visage expriment l'effort.

« Où est la musique ? La musique est comme le mot adieu dans la bouche d'un vieillard. »

*

Le marchand Vimalakirti disait encore :

« Qu'est-ce qui fait mûrir la musique dans le cœur du musicien ? Qu'est-ce qui fait enfler le sexe de l'homme qui regarde une femme ? Ce n'est pas l'aréole et le volume de ses seins qu'il guette quand il l'épie. Ce n'est pas l'odeur qui se dégage de ses aisselles et de ses cheveux qui l'attire quand il en est proche. Ce n'est pas l'huile de son sexe qui entoure son *linga* que cet homme recherche quand il la pénètre.

« L'homme ne sait pas quel est l'objet qu'il quête auprès des femmes.

« C'est une illusion, voilà ce que c'est. Voilà ce qu'il mendie.

« Voilà pourquoi les amants tendent les mains : ils tendent les mains l'un vers l'autre parce qu'ils mendient.

« C'est à peine visible et ce n'est même pas tangible. C'est à peine audible, mais impalpable. C'est quelque chose de ténu qui est comparable à l'accord de l'adjectif avec le genre. C'est aussi délicat qu'une différence de timbre ou de registre dans la voix. C'est une voix aiguë entendue jadis, et qui caractérise tous les enfants, et que perdent les enfants mâles, et que ne conservent pas tout à fait les enfants femelles. C'est une voix aiguë survivante. Telle est l'illusion des caractéristiques de la voix orale soustraite aux lèvres des garçons qui ont mué et qui est transportée sur les instruments de musique. Telle est l'illusion propre à la musique. Tel est le mirage aux yeux de ceux qui sont perdus dans le désert et qui croient encore en l'homme et à la femme. Tel est le rêve sous les paupières refermées de ceux qui sont persuadés de la différence entre ce qui vit et ce qui meurt, qui ajoutent foi en l'existence de leurs ancêtres et qui estiment qu'il y a sous terre un autre monde où ceux qui s'en vont boivent, mangent, chantent, geignent et pleurent.

« Il n'y a pas d'autre monde parce qu'il n'y a pas de monde. »

*

Ils fendent du bois avec la clé. Ils ouvrent la porte avec la hache.

*

Ils ont les oreilles calleuses.

*

La vie humaine est tapageuse. On appelle tapages, ou villes, ces grands rassemblements de cubes où les hommes s'amoncellent. La noise est leur odeur spécifique. Naples, New York, Los Angeles, Tôkyô, telles sont les terribles musiques de ce temps.

*

Le bruit enroué de Pékin. Le bruit immense et enroué, grinçant, rouillé, charroyant, lent, freinant de la grande avenue qui traverse la ville de Pékin.

*

Bazar et vacarme sont le même mot. Le mot persan *bazar* s'analyse en *wescar*. Le mot arménien *vacarme* se décompose en *waha-carana*. L'un et l'autre disent la rue marchande (mot à mot « l'endroit où on marche pour acheter », la ville).

Les textes de Sumer disent que les dieux

d'Akkad ne pouvaient plus dormir tant le vacarme que faisaient les hommes était intense. Ils y perdaient leur force sur le cours du temps en même temps que leur éclat au fond du ciel. Aussi les dieux envoyèrent-ils un déluge pour exterminer les hommes, afin d'éteindre leurs chants.

*

La proie que poursuivent les interprètes, c'est le silence de leur public. Les interprètes cherchent l'intensité de ce silence. Ils cherchent à plonger ceux qui leur portent toute leur attention dans un état extrême d'audition vide, préalable au se-faire-entendre.

Trouer le fond sonore préalable pour faire place à l'enfer du silence spécifique, du silence humain.

C'est le mot de Clara Haskil après qu'elle eut interprété la sonate en *mi* mineur de Mozart au théâtre des Champs-Élysées. Elle confia à Gérard Bauer :

« Je n'ai jamais rencontré un tel silence. Je ne sais pas si je le retrouverai jamais. »

Six jours plus tard, Clara Haskil tomba la tête la première dans l'escalier, en gare de

Midi, à Bruxelles, la rampe échappant à ses doigts.

*

Tout homme qui œuvre est un juste.

Comment son art justifie-t-il l'artisan? L'homme qui œuvre à sa chose encore inexistante est justifié par l'émotion improviste qu'il lui arrive d'éprouver en regardant ce qu'il a fait autrefois.

Quand nous inventons, la surprise de l'invention échappe, puisque nous la préparons et que nous l'ajustons. Mais le temps s'écoule. Et, alors que nous n'avons pas conservé la mémoire de sa fabrication laborieuse, elle nous a surpris. Ce destin où les sources se mêlent nous approche de l'impétuosité de la source. C'est cette proximité au chaos qui nous juge. C'est notre seul juge. Nous ne pouvons pas en vérité nous faire un mérite de la joie qu'elle nous a délivrée en retour. Ce qui nous console dans ce que nous avons fait n'est pas la reconnaissance des hommes, ni l'instant de la vente et le profit qui en résulte, ni l'admiration de quelques-uns, mais l'attente de ces retours imprévisibles. Ce n'est pas un autre monde ou une postérité dans les siècles qui nous animent : c'est cet oubli de ce que nous avons fait et qui revient sur nous comme une lumière neuve, qui promet notre vie à un court-circuit d'éba-hissement et d'anéantissement de nous-mêmes. Ce sont des extases. Nous nous faisons un bonheur de nous perdre dans nos œuvres. Les journées passent alors à la vitesse d'une foudre qui tombe. Alors nous pleurons des pleurs qui ne nous sont plus personnels et qui se fondent au premier Déluge que les dieux assourdis envoyèrent. Nous nous engloutissons.

*

Les œuvres font peur aux codes. La haute mer fait peur aux mouettes comme les rats préfèrent les égouts des villes populeuses.

Ceux qui émettent un jugement demeu-rent toujours sur le rivage.

En criant, ils suscitent les naufrages qu'ils appellent de leurs vœux.

C'est le cri aigre des oiseaux de mer qui survolent l'écume blanche des vagues noires de la mer. Ce cri est plein de détresse. Ils cherchent des détritus pour manger. Ils cherchent des épaves pour se poser.

*

Pourquoi le mot sirène, qui désignait les oiseaux fabuleux dans le roman épique d'Homère, en est-il venu à dénoter l'appel criard et effrayant des usines industrielles au XIXe siècle et la convocation sur le lieu des sinistres des voitures de pompier, de police municipale et des ambulances?

*

Ils cherchent des épaves où se poser.
Il faut dire : « La mort a faim. »
C'est le business de l'échec.

*

Les gardiens du conditionnement moral, esthétique, politique, religieux, social ont toujours raison : ils veillent au contrôle symbolique du groupe.

*

Anna Akhmatova appelait les critiques dans les journaux et les professeurs de lettres dans les écoles les « gardiens de prison ».

*

J'ai remarqué que toutes les personnes que j'ai haïes avaient l'apparence d'hommes au garde-à-vous.

*

Je n'arriverai pas à savoir à quel moment la musique s'est détachée de moi. Toute chose sonore soudain, un beau matin, m'a laissé le cœur sans goût. À peine me suis-je approché par routine des instruments, ou pour leur beauté visible. À peine avais-je ouvert une partition, le *melos* ne sonnait plus, ou s'amenuisait, ou je le reconnaissais comme toujours semblable à un autre, la lassitude naissait. Lire des livres écrits persistait dans toute son avidité, son rythme, sa carence au fond de moi, mais point le désir d'aucun chant.

Est devenue une distraction insupportable ce qui était pour moi le bout du monde.

*

Nous sommes aussi de curieuses énigmes grimpantes qui plongent leurs racines dans l'avenir et qui se déploient vers le ciel du passé.

Il est possible que nous soyons plus hantés par l'origine que par la mort. Nous sommes plus souvent visités par la grotte, l'eau obscure de l'*amnion*, la voix aiguë de l'enfance que par le corps cadavérique et le silence pourri.

*

J'ai les doigts vides.

Je ne supporte ni ordre, ni sens, ni paix. Je ramasse les séquelles du temps. Je mets en lambeaux les règles du passé et du présent que je n'ai jamais comprises.

Logos voulait jadis dire « collecte ». Je collecte les décombres, les trouées de lumière fugitive,

les « intervalles morts »,

l'intrus et le désorienté,

les *sordidissima* de l'antre : la nuit est le fond des mondes. Tout va au non-langage. J'ai essayé de faire revenir des choses qui étaient sans code, sans chant et sans langage et qui erraient vers la source du monde. Il fallait penser jusqu'à l'absence d'issue d'une fonction prédatrice vide. J'aurais voulu relancer l'épidémie d'anachorèse des anciens Romains, lorsque Auguste imposa dans le sang l'empire, ou l'exil baroque des Solitaires que Rome, le ministère et le roi pourchassaient et désiraient éradiquer, perturbant les images que les historiens avaient construites, je ne m'y serais sans doute pas pris autrement. J'aimerais avoir tout replongé dans une espèce d'activité mythique.

Naître ne sert aucune cause et ne connaît pas de fin : certainement pas la mort.

Il n'y a pas de fin parce que la mort n'achève pas. La mort ne termine pas : elle interrompt.

*

L'intervalle mort est la main que le temps nous tend. Que la mort interrompe, cette interruption est en nous ; elle est dans notre corps sexué, dans notre naissance, dans notre cri comme dans notre sommeil. Dans notre souffle comme dans notre pensée. Dans notre marche sur deux pieds comme dans le langage humain.

L'intervalle mort, dont nous sommes une dépendance précaire, éclate en tout.

*

La lumière a ses chants.

C'est pour leur cri que j'aime les feux.

Alors que les mèches des chandelles durant des siècles grésillèrent, le fil électrique bourdonne.

*

Partout on retrouve ce bourdon propre à la lumière électrique dans le monde.

C'est la « tonalité » du monde.

*

Les émissions de la télévision s'intéressent aux écrivains comme les fils à haute tension s'intéressent aux oiseaux : C'est-à-dire, à la fois, par hasard, et pour tuer.

*

La mélodie humaine nord-européenne investit de façon invisible et continue tous les lieux où les humains se rassemblent telle, jadis, la stridulation des cigales convoquant l'été.

Le chant appeau de l'été.

Le tarabust solaire.

*

Platon les nommait les Musiciennes. Les anciens Grecs aimaient tellement le chant des cigales qu'ils les mettaient en cage et les suspendaient dans leur maison.

*

Tithon, fils de Laomédon, frère aîné de Priam, était l'homme le plus beau qu'on pût trouver sur terre.

Aurore le vit. Elle l'enleva. Elle l'aimait. Elle supplia Zeus d'accorder l'immortalité à son amant. Zeus l'accorda au plus beau des hommes. Mais en formulant sa demande, dans la hâte, l'Aurore omit de préciser la jeunesse. Aussi, tandis que son amante demeurait identique à elle-même, Tithon vieillissait-il et se ratatinait-il. Aurore dut le mettre, comme un enfant gazouillant, dans une corbeille d'osier. Puis, quand le corps de son si vieil amant ne fut pas plus long qu'un doigt, elle le transforma en cigale. Le suspendant à une branche dans une cage, elle regardait son petit mari qui chantait sans finir.

Le matin, comme elle n'avait pu assouvir son désir avec la minuscule poupée qu'était devenu son mari, la déesse pleurait. Les larmes d'Aurore forment les gouttes de la rosée.

*

Léonidas de Tarente, disciple d'Épicure, a écrit :

« Au bout du fil il y a le ver tendu
« Vers l'eau obscure. Comme le son d'une
[harpe
« Le fil s'effiloche. L'amorce est plus dessé-
[chée qu'une

« Momie de mouche aux mains de l'arai-
                                    [gnée.
« Homme, d'aurore en aurore, de quel
                            [roseau es-tu la flûte ? »

                    *

Nos aïeules, les grenouilles (la grenouille
verte, *rana esculenta*), vivaient dans l'eau dor-
mante, ou dans les rivières dont le courant
est faible, juchées au soleil sur des plantes
flottantes. Je me souviens combien c'était
agréable.

Rauque était le chant-brame des grenouilles mâles, dans le large coassement, les
bouches fendues, et le gonflement de leurs
sacs résonateurs. Rauque enfin l'accouplement bruyant.

Je comprends que l'abbé Spallanzani
habillât chaque matin les grenouilles mâles
de petits caleçons de taffetas avant de commencer à faire ses expériences décisives sur
l'électricité.

C'est l'appeau de la pluie.

Qui n'aime manger le *sperma ranarum*, qui
passe en saveur le caviar lui-même ?

Les sangliers consomment le frai de gre-

                    279

nouille comme la plus haute friandise que la terre offre aux solitaires.

Le râle d'eau préfère les grenouilles elles-mêmes.

Ovide affirme que les mâles, criant en vain après leurs épouses leur désir, déchirèrent leur gorge jusqu'au coassement. Ovide affirme que telle fut l'origine de la mue des mâles, les femelles s'étant enrouées à jamais dans un cri de refus.

*

Trimalchio rapporte qu'il se rendit à Cumes quand il était enfant. Il vit les restes desséchés de l'immortelle Sibylle conservés dans l'urne, cette dernière suspendue dans l'angle de pierre du temple d'Apollon.

Rituellement, les enfants progressaient dans l'ombre du temple. Ils criaient soudain au-dessous de l'ampoule : «Sibylle, que désires-tu?» Une voix caverneuse sortait de l'urne, sous la forme d'un écho issu de l'angle de la roche, répondant invariablement : «Je désire mourir.»

*

C'est le chant.
Apothanein thelô.

*

Les chemins de silence de la nuit.

Tymnès de Crète décrit dans un très court poème qu'il consacre à un oiseau dévoré par un rapace :

« Les trilles et les ornements si doux de ton
[souffle
« Ils sont allés dans les chemins de silence de
[la nuit *(siôpèrai nyktos odoi).* »

*

Le silence est pour les oreilles ce que la nuit est pour les yeux.

*

Deux ans après que l'ermite Xu You eut refusé l'empire à l'empereur Yao, Xu You jeta la gourde qu'on lui avait donnée pour puiser de l'eau. Comme on lui demandait pourquoi il l'avait jetée, il répondit :

« Je ne supporte pas la plainte du vent qui s'y engouffre quand je suspends la gourde à la branche d'un arbre. »

Quelques années plus tard Xu You déclara qu'il préférait à toute musique le son de la main qui lui pendait à l'extrémité du bras pour puiser l'eau. Il pliait les genoux. Il voûtait le haut de son corps sur la berge. Il recroquevillait sa main comme une coquille.

*

Après que la petite Sirène de Hans Andersen a donné sa voix à la sorcière, après qu'elle est devenue morte, devenue écume des vagues, elle la recouvre mystérieusement pour dire :

« Je vais vers qui ? »

*

Ishtar prit une harpe et s'accouda au rocher devant la mer.

Vint une grande vague de la mer qui s'immobilisa et lui dit :

« Pour qui chantes-tu ? L'homme est sourd. »

*

Je ne sais plus où j'ai lu ce mythe dans lequel un homme muet, voyant en songe sa mère, ne peut lui exprimer sa détresse.

*

J'ai laissé se détendre les cordes sur le violoncelle. Je ne monte plus à la tribune des orgues. Je ne mets plus en route les vents. Je ne m'assieds plus devant les claviers jaunes.

J'ai reposé ce livre que j'écris sur le fauteuil en matière plastique sur lequel j'avais posé mes pieds et que j'avais placé devant moi dans l'herbe. Je n'ai plus que la tête sous le genévrier.

Le silence est une espèce de vacarme assourdissant.

La lumière blanche, épaisse, lente, brûlante a envahi les jambes. La chaleur de la lumière est telle qu'elle les couvre d'eau.

Je recule les fauteuils en plastique sur l'herbe. La vie est harassante. Ma tête tourne mais il est vrai que je tourne la tête. Le jardin a moins de fleurs.

La saison s'avance.

Les rosiers le long du vieux mur lancent leurs dernières grappes mais les feuilles qui pendent autour de leurs branches sont flétries. Le noisetier touffu sur le bord de la rive n'est même plus intensément vert : il est devenu noir. Le fleuve passe plus lentement à son pied. On ne sait même s'il passe. Son déplacement ni le vent ne forment aucune ride à sa surface. On ne sait si la mer attire encore l'onde. Deux orties blanches très longues se penchent au-dessus d'elle. Elles tendent leurs visages à leurs reflets qui brillent dans l'eau noire. Une libellule est posée sur l'anneau des anciennes gabarres. Le mot qui les désigne ne ramène même plus un souvenir de transport au terme de sa chaîne. C'était un transport ancien, un transport silencieux. Les canards dorment alignés le long de l'herbe sèche qui descend vers le fleuve. À part le chèvrefeuille sous le porche (à vrai dire on ne le sent qu'auprès de la petite maison) on ne perçoit dans le jardin aucune odeur. On ne sent que la chaleur de son corps. Il est vrai que parfois il vient, une ou deux fois dans l'heure, on ne sait d'où, un parfum de pourriture et presque de mort. Rien ne bouge.

Rien, rien ne bouge plus.

Je n'entends même plus le souffle qui m'anime. Le vent n'existe plus. Le vaste ensemble de la bambouseraie se secoue plus qu'il frémit. Devant elle, le genêt craque ses écales noires et sèches faisant tomber subitement ses graines sur l'herbe rase et jaune. Rien d'humain n'a jamais importé à ce monde. Rien d'humain n'a jamais éveillé l'intérêt des fleuves ni des fleurs. Tout s'estompe dans les grains de cette brume floue que le feu du soleil a ajoutée à la chaleur de la lumière. Le soleil de midi commence à décliner. Le fleuve des morts lui-même s'est endormi. Rien d'humain n'a jamais importé à l'eau qui stagne et ne rafraîchit plus. Rien d'humain n'a jamais importé aux rêves qui visitent le sommeil des hommes. Rien d'humain n'a jamais importé aux visions qui les éblouissent sous leurs paupières refermées et qui dressent leur sexe violemment alors qu'ils les regardent, les ignorent, et dorment.

Sur la fin des liaisons

Le vicomte de Valmont regarde l'herbe verte de la prairie de Saint-Mandé. La manche de sa chemise a été lacérée par le fer : il a reçu un coup d'épée au bras. En silence, il tourne le dos au cadavre du chevalier Danceny. Il monte dans son carrosse.

*

Le vicomte tire violemment les rideaux du lit où est alitée la présidente de Tourvel. Elle a le front couvert de sueur tandis que ses lèvres laissent passer le râle dans le silence de la chambre. Il crie un ordre, soulève le buste, déchire très délicatement le déshabillé en satin qui serre le cou de la présidente. Les membres nus, blancs et maigres de Madame de Tourvel, dans la faible lumière du chandelier, l'émeuvent. Il lui fait boire un grand verre d'alcool de poire de Colmar. Elle reprend connaissance, le voit, s'agrippe à lui en prononçant son prénom, l'étreint. Comme elle l'étreint, il la prend. Prise, elle revit. Ils rentrent dès le lendemain matin, dans la brume épaisse de l'aube, tant le froid est vif, à Paris. Valmont devient un financier redoutable. La présidente de Tourvel prépare ses soirées. Elle secourt ses nuits.

*

Dans le plus complet silence le corps du chevalier Danceny, ramassé par les témoins sur la prairie de Saint-Mandé, est déposé sur un brancard. Ils le transportent avec beaucoup de précaution chez un chirurgien de Vincennes. Le chirurgien le sauve. Six mois plus tard, Danceny est reçu à la loge des Neuf-Sœurs où il se lie d'amitié avec le prince de Rohan, l'Américain Benjamin Franklin, le peintre Greuze, le docteur Guillotin, Danton et Hubert Robert. Sous la Révolution il vote la mort du roi et obtient de l'Assemblée constituante qu'on brise sur

les statues du passé «toutes les parties géni-
tales de tous les hommes, affreux vestiges de
l'Ancien Régime».

*

Sur la rive droite de la Seine, à l'Opéra,
Madame de Merteuil salue le vicomte et la
présidente en souriant et passe devant eux
sans souffler mot : l'amant du moment soulève au-dessus d'elle la portière. Madame de
Merteuil a réchappé de la petite vérole et
son visage est demeuré indemne. Non seulement elle a gagné son procès mais le tribunal lui a fait droit d'une somme fixée à
dix-huit mille livres. Elle reste à Paris en
dépit de l'impression de ses lettres. La répu-
tation de la marquise, à force d'être salie,
subjugue. En société, à la comédie, les
hommes s'empressent, au point que sa vie
quotidienne en est importunée. Elle décide
un voyage, un périple solitaire, embarque
au Havre de Grâce, traverse la Manche,
parcourt en berline la campagne du Hampshire. Tout à coup dans les nuages, le brou-
haha et les cahots, elle fait signe au cocher
de s'arrêter et acquiert là, dans le bourg

de Deane, une petite maisonnette de vingt chambres. Une allée, longue et sinueuse, de graviers gris y conduit. Derrière la demeure, un grand bassin au milieu d'un pré, un petit bois attenant qui le borne.

À l'horizon, des collines basses et les brumes se confondent. L'air est mouillé et bleu.

Tout se tait.

*

Madame de Merteuil visite chaque après-midi ses pauvres et ses pauvresses. Elle remarque deux d'entre elles, Cassandra et Jane, qui vivent, à la lisière du bourg, dans la petite cure de Steventon, et avec qui elle se plaît à chanter des mélodies de Jackson d'Exeter. La marquise apprend la basse de viole auprès d'un ancien archer de la Compagnie royale. Elle invite chez elle ses jeunes amies pour des petits trios de Haendel ou de Caix d'Hervelois que les crises de fou rire interrompent. Jane offre à la marquise une vieille pièce de Purcell, d'un genre voisin, entourée d'une faveur gris perle, morceau de musique qui stupéfie la marquise malgré son antiquité. Cassandra est à la flûte, Jane au clavecin, tandis que la marquise assure la basse et marque du pied la mesure : elles déchiffrent l'entièreté du vieux manuscrit. Après le déchiffrage, la soirée est très avancée ; elles boivent du vin, disent des sottises ; la marquise les incite à les commettre mais les demoiselles Austen y répugnent. Soudain le coq chante et Jane se lève du divan toute pâle. Elle prend sa sœur par la main et toutes deux se précipitent en tenant leur robe vers la cure. La marquise fait acheter pour Jane, dans l'espoir de la corrompre, pour la salle d'études de Steventon, où dormait cent ans plus tôt le cochon, un vrai piano, d'une valeur de quarante guinées. La marquise n'en apprécie pas le son imprécis, partant incertain et sentimental, mais Jane est folle de bonheur. La marquise acquiert et essaie d'interpréter sur sa viole toutes les œuvres qui sont restées sous le nom de Henry Purcell qu'elle a fait rechercher à Londres ; elle se met au chant pour pouvoir les chanter mais les deux jeunes filles ne veulent plus l'aider à interpréter une musique qui leur paraît trop ampoulée. Peu importe : la marquise prend goût au cricket.

Désormais elle s'habille en amazone et peste contre l'incommodité des jupes falbalassées dont la mode s'étend. Sur les conseils de Jane, elle s'enthousiasme pour la poésie de Crabbe. Elle va de plus en plus souvent se promener dans le bois qui longe la propriété et que traverse un ruisseau, dont l'eau est acheminée jusqu'au bassin par un mince et frêle aqueduc que des ormes dérobent à la vue. Elle compte parmi ses paysans trois ou quatre jeunes joueurs de cricket qu'elle fait appeler quand le désir génésique tout à coup la brûle sous le ventre. Elle les fait masquer avec des masques d'animaux pour n'apercevoir d'eux que la vie, ou du moins une de ses apparences qui lui apparaît comme la plus sincère et la plus touchante. Elle se lasse des jeunes gens. La conversation des jeunes filles est devenue elle aussi fastidieuse, et leur mépris intransigeant de l'œuvre de Purcell la désappointe chaque jour davantage, alors qu'elles la lui ont fait découvrir. En dépit des piques de Jane, la marquise n'a pas un instant l'impression de vieillir en étant émue par ces sonorités vieilles de deux cents ans. Elle s'apprête à quitter le Hampshire.

Quelques lubies lui viennent avec l'âge mais qui, dans le bourg de Deane, ne paraissent pas choquantes : elle aurait voulu être un kangourou. Elle estime que le Groenland n'existe pas. Dans le même temps elle prétend que Dieu non plus. Elle est sûre et certaine que les hommes peuvent voler. Elle est convaincue que les odeurs les plus fortes sont en train de disparaître de ce monde. Elle affirme qu'au printemps elle adorerait être un petit moucheron devant les fleurs. Elle déclare qu'elle aime l'énergie dans le regard des femmes, dans le regard de la plus jeune de ses deux amies musiciennes, dans le regard d'un homme qu'elle a connu, dans le regard des chiens, dans le regard des dames-blanches qui dévorent les écureuils roux qui abondent dans le Hampshire. Elle préfère à tout, même au plaisir, l'ombre, en juillet, des châtaigniers. Elle commence à aimer tirer sur l'herbe les chaises longues. Elle aime aussi les plats de fraises écrasées, la gamme de *mi* majeur, le son de la basse de viole quand une fenêtre fermée sépare de sa source, la beauté de l'eau, la beauté du son de l'eau et la beauté du reflet de la nature qui se perçoit sur elle, qui s'y rompt à la chute d'une feuille ou au jet d'un gravier gris, et que le calme et l'instant qui suit tranquillement restaurent.

*

En mars 1798, la marquise de Merteuil, renonçant à ses petites amies et aux joueurs de cricket, rejoignit la France. Elle débarqua à Dieppe et évita Paris, gagnant en voiture sa propriété de Jargeau, près d'Orléans, sur les bords de la Loire.

Elle voit le château dévasté. Pendant trois mois elle le fait reconstruire. Après avoir longtemps hésité, laissant les ouvriers à leurs pierres, à leur poussière et à leur bruit, elle prend son courage à deux mains et décide de se rendre à Paris.

En septembre 1798, la marquise de Merteuil est à Meudon où elle rencontre l'Américain Benjamin Franklin, avec qui elle dîne et qui lui fait l'impression d'être un imbécile. Elle repousse ses mains qui s'aventurent sur ses genoux. Elle se passionne pour l'Exposition industrielle organisée sur le Champ-de-Mars, dont l'Américain lui fait l'éloge. Benjamin Franklin lui dit :

« Qui n'a pas entendu un toast porté par

Jacques Danton dans le réfectoire du couvent des Jacobins n'a pas la moindre idée de
la voix masculine. »

Le lendemain matin, bien avant que
l'aube perce, elle fait atteler. Elle quitte Meudon. Elle franchit le pont de Sèvres. Elle suit
les champs et les quais. Elle arrive dans la
vieille cité. La première impression qu'en
reçoit la marquise est la stupeur. Les places
sont dépouillées de leurs statues. L'aspect de
la capitale a été très appauvri par la guerre
civile. De nombreux hôtels qu'elle a connus
sont détruits. Les bâtiments et les jardins des
communautés religieuses ont été sacca-
gés. Les maisons demeurées debout, faute
qu'elles aient été entretenues, sont dans un
état de décrépitude et d'ordure repoussant.

Les jardins ouverts au public sur la rive
droite ont été abandonnés.

Le ciel est blanc et une fine pluie toute
blanche, silencieuse, d'une nature presque
normande, voile le regard. Sa voiture suit la
route pavée qui longe la Seine. La marquise
se sent tout à coup comme une étrangère.
Elle a même l'impression qu'elle est une
âme qui découvre l'autre monde. Les deux
rives du fleuve soulèvent le cœur par la

détresse des hommes qui s'y serrent et la nudité des enfants maigres et livides qui y jouent.

Sur le rebord du quai, elle voit cinq mots qui sont gravés au couteau et surchargés de charbon : *La liberté ou la mort*. Soudain elle se dit qu'elle connaissait un homme qui avait fait de cette sentence le secret de sa vie.

Son cœur lui fait mal.

Elle demande à son cocher de s'arrêter.

*

La marquise est descendue de voiture sous la pluie fine. Elle tient la main sur son cœur. Le quai étant glissant à son pied, elle s'est approchée avec peine de l'inscription. Auprès d'elle un brocanteur continue d'étaler en silence, malgré la pluie, ses livres sur son tréteau. Elle a pris dans ses mains un volume — qu'elle essuie sans y penser avec son gant. Il se trouve que les armes qui figurent sur la reliure sont celles de Danceny. Elle frémit. Elle en choisit un autre : cet autre appartenait à un homme qu'elle a connu à la cour et dont elle avait partagé les plaisirs. Le brocanteur la presse de dire son prix. Importunée par sa demande, elle laisse les livres sur le tréteau avec impatience.

Elle se dit : « Si je fouille encore dans l'étal, je vais trouver un livre aux armes de Valmont. »

Elle n'articule pas ce nom mais, soudain, ses jambes fléchissent sous elle.

Elle agrippe le rebord de pierre du quai. Un brouillard enveloppe ses yeux.

Elle reprend lentement sa respiration.

Elle rouvre ses yeux. En contrebas, sur la grève, elle voit un homme en train de pêcher qui ferre subitement un poisson. Elle se retourne brusquement. Une larme roule sur sa joue. Elle frotte de façon machinale son gant souillé. Elle veut remonter dans sa voiture mais n'y parvient pas seule.

Le cocher descend de son banc et s'approche d'elle. La marquise est essoufflée. Elle chuchote à son cocher :

« Prêtez-moi votre bras. Aidez-moi. Nous n'allons pas à l'Exposition industrielle. Nous rentrons à Jargeau… Nous rentrons à Jargeau… »

Elle répète tout bas : « À Jargeau ! À Jargeau ! », comme si elle suppliait son propre domestique.

*

Au cocher, elle a dit tout bas : « À Jargeau ! À Jargeau ! »

À Jargeau, c'est la fin de l'été. Il fait un temps magnifique et lourd. La lenteur de la Loire l'attire.

Le soir, sur le sable si chaud, si doux et jaune qui longe l'immense fleuve, elle fait porter un pliant sur le bord de la rive, une carafe d'eau fraîche, une épuisette, un chapeau de paille voilé de gaze jaune de Hollande. Madame de Merteuil a plaisir à s'asseoir sur son pliant et à tenir entre ses doigts un jonc à l'extrémité duquel est nouée une ligne. Elle lance l'appât. Un fredon resurgit. Elle chantonne *Joy*. Elle chantonne *Ô Solitude !* Elle sort de l'eau des petits goujons qui ont la longueur d'un doigt.

DU MÊME AUTEUR

Aux Éditions Gallimard

LE LECTEUR, *récit*, Gallimard, 1976

CARUS, *roman*, Gallimard, 1979 (Folio 2211)

LES TABLETTES DE BUIS D'APRONENIA AVITIA, *roman*, Gallimard, 1984 (L'Imaginaire 212)

LE SALON DU WURTEMBERG, *roman*, Gallimard, 1986 (Folio 1928)

LES ESCALIERS DE CHAMBORD, *roman*, Gallimard, 1989 (Folio 2301)

TOUS LES MATINS DU MONDE, *roman*, Gallimard, 1991 (Folio 2533)

LE SEXE ET L'EFFROI, Gallimard, 1994 (Folio 2839)

Chez d'autres éditeurs

L'ÊTRE DU BALBUTIEMENT, Mercure de France, 1969

ALEXANDRA DE LYCOPHRON, Mercure de France, 1971

LA PAROLE DE LA DÉLIE, Mercure de France, 1974

MICHEL DEGUY, Seghers, 1975

ÉCHO, suivi d'ÉPISTOLÈ ALEXANDROY, Le Collet de Buffle, 1975

SANG, Orange Export Ldt, 1976

HIEMS, Orange Export Ldt, 1977

SARX, Maeght, 1977

LES MOTS DE LA TERRE, DE LA PEUR, ET DU SOL, Clivages, 1978

INTER AERIAS FAGOS, Orange Export Ldt, 1979

SUR LE DÉFAUT DE TERRE, Clivages, 1979

LE SECRET DU DOMAINE, Éditions de l'Amitié, 1980

LE VŒU DE SILENCE, Fata Morgana, 1985

UNE GÊNE TECHNIQUE À L'ÉGARD DES FRAGMENTS, Fata Morgana, 1986

ETHELRUDE ET WOLFRAMM, Claude Blaizot, 1986

LA LEÇON DE MUSIQUE, Hachette, 1987

ALBUCIUS, P.O.L, 1990 (Livre de Poche 4308)

KONG SOUEN-LONG, SUR LE DOIGT QUI MONTRE CELA, Michel Chandeigne, 1990

LA RAISON, Le Promeneur, 1990

PETITS TRAITÉS, tomes I à VIII, Maeght Éditeur, 1990 (Folio 2976 et 2977)

GEORGES DE LA TOUR, Éditions Flohic, 1991

LA FRONTIÈRE, *roman*, Éditions Chandeigne, 1992 (Folio 2572)

LE NOM SUR LE BOUT DE LA LANGUE, P.O.L, 1993 (Folio 2698)

L'OCCUPATION AMÉRICAINE, *roman*, Seuil, 1994 (Point 208)

LES SEPTANTE, Patrice Trigano, 1994

L'AMOUR CONJUGAL, Patrice Trigano, 1994

RHÉTORIQUE SPÉCULATIVE, Calmann-Lévy, 1995 (Folio 3007)

LA HAINE DE LA MUSIQUE, Calmann-Lévy, 1996 (Folio 3008)

Composition Interligne.
Impression Société Nouvelle Firmin-Didot
le 15 septembre 1997.
Dépôt légal : septembre 1997.
Numéro d'imprimeur : 39921.

ISBN 2-07-040070-0/Imprimé en France.

76785